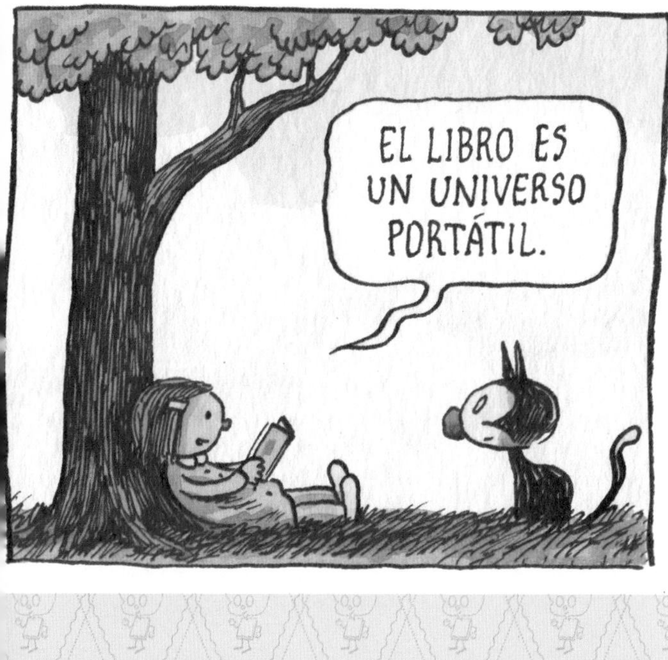
EL LIBRO ES UN UNIVERSO PORTÁTIL.

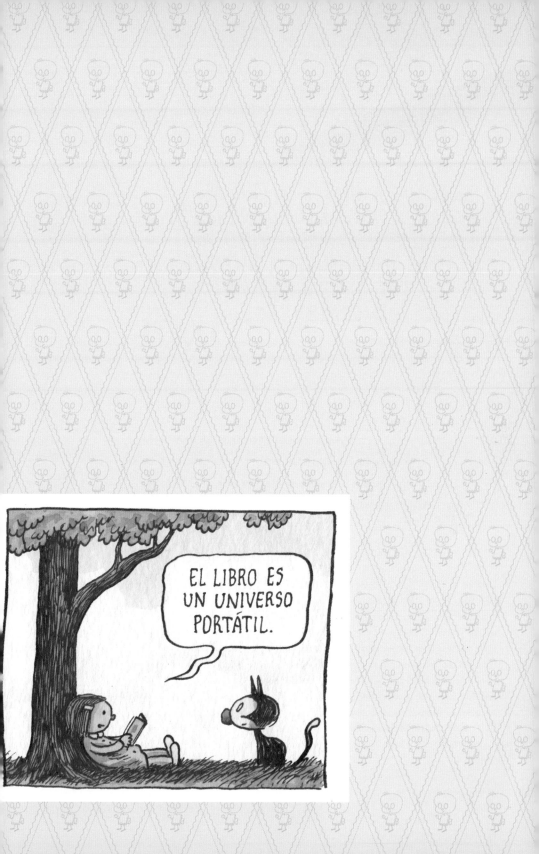

DEDICADO A MATILDA, QUE ME ENSEÑO A DIBUJAR COMO ENRIQUETA, A CLEMENTINA, QUE LE PUSO DE NOMBRE "MIFAVORITO" A SU CONEJO DE PELUCHE, Y A EMMA, CUANDO SE PONE MIS SOMBREROS.

LINIERS—

TOON NIVEL TRES

Directora Editorial: FRANÇOISE MOULY

Diseño del libro: FRANÇOISE MOULY & MAGDALENA OKECKI

Asesora de la edición en español: MARÍA E. SANTANA

El arte final de RICARDO LINIERS se realizó con tinta, acuarela y lápiz de color.

Un libro de TOON™ © 2015 Liniers & TOON Books, un sello editorial de RAW Junior, LLC, 27 Greene Street, New York, NY 10013. Ninguna parte de este libro podrá ser usada ni reproducida en ningún formato sin permiso escrito, excepto en el caso de citas breves dentro de artículos críticos y reseñas. TOON Books®, TOON Graphics™, LITTLE LIT® and TOON Into Reading!™ son marcas registradas de RAW Junior, LLC. Todos los derechos reservados. Todos nuestros libros se encuadernan con cosido Smyth (la encuadernación de más alta calidad disponible) y se imprimen con tintas de base de soja en papel libre de ácido, obtenido de cultivos de madera responsables con el medio ambiente. Impreso en Shenzhen, China por C&C Offset Printing Co., Ltd. Distribuido por Consortium Book Sales and Distribution, Inc.; pedidos (800) 283-3572 34; orderentry@perseusbooks.com; www.cbsd.com.

Los datos de esta publicación se encuentran disponibles bajo pedido en el catálogo de la Biblioteca del Congreso, LCCN: 2015004010. También está disponible en inglés: *Written and Drawn by Henrietta*, ISBN 978-1-935179-90-0.

ISBN 978-1-935179-90-0 (hardcover English edition); ISBN 978-1-935179-91-7 (hardcover Spanish edition)

ISBN 978-1-935179-13-9 (softcover Spanish edition)

16 17 18 19 20 21 C&C 10 9 8 7 6 5 4 3 2 1

WWW.TOON-BOOKS.COM

ESCRITO Y DIBUJADO POR ENRIQUETA

UN LIBRO TOON POR

LINIERS

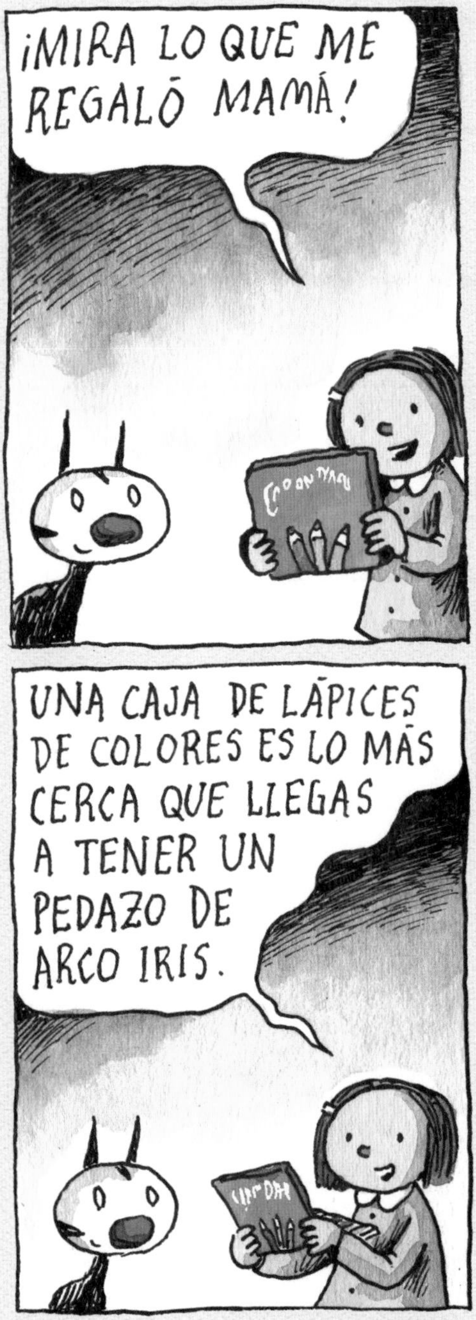
¡MIRA LO QUE ME REGALÓ MAMÁ!
UNA CAJA DE LÁPICES DE COLORES ES LO MÁS CERCA QUE LLEGAS A TENER UN PEDAZO DE ARCO IRIS.

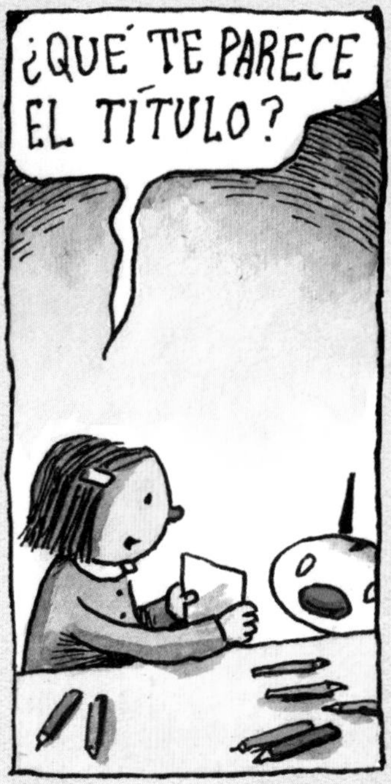
¿QUÉ TE PARECE EL TÍTULO?

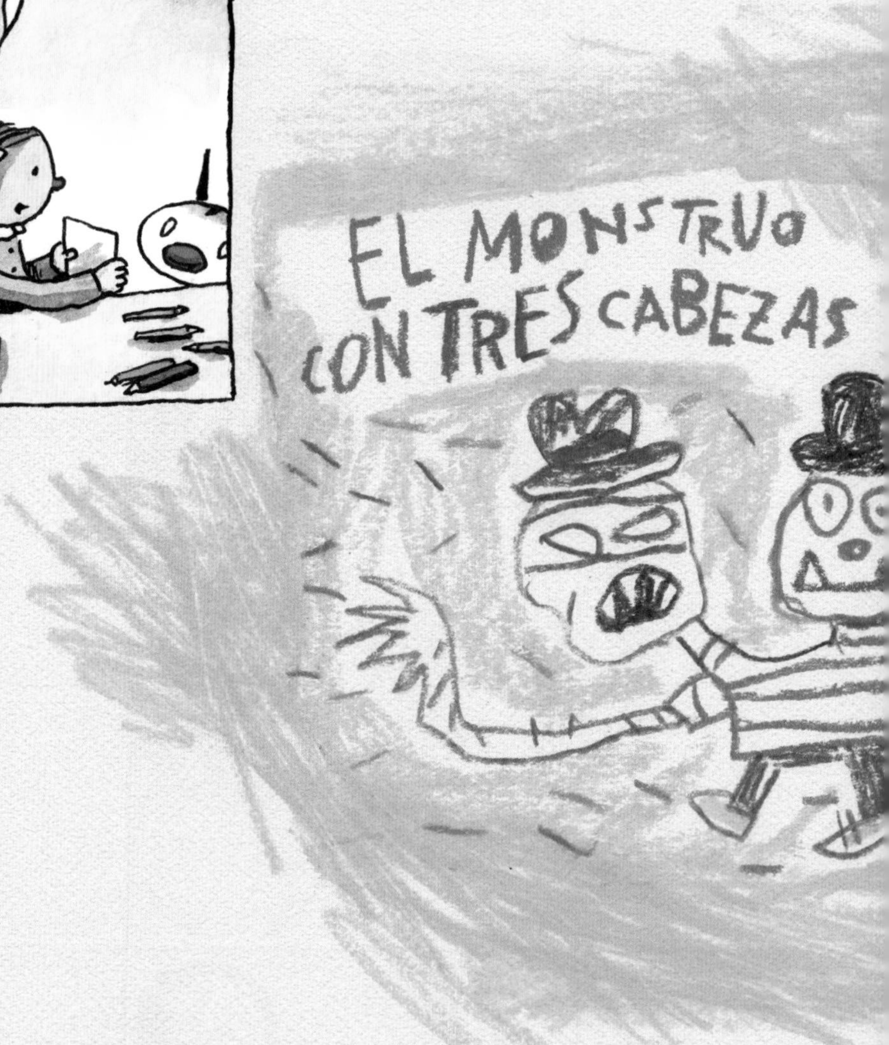
EL MONSTRUO CON TRES CABEZAS

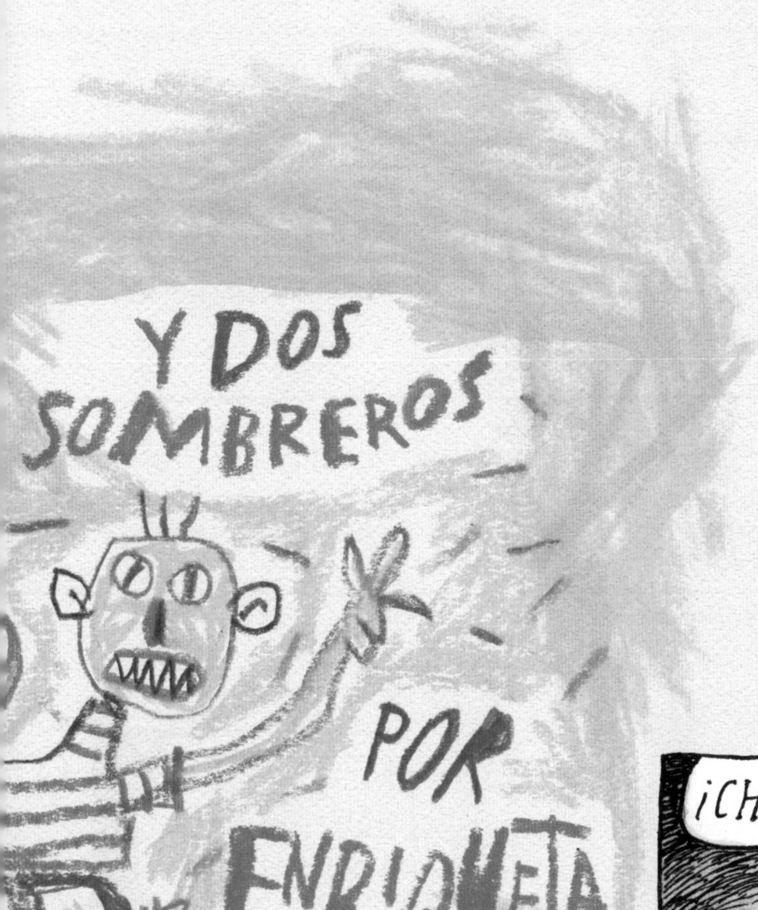
Y DOS SOMBREROS
POR ENRIQUETA

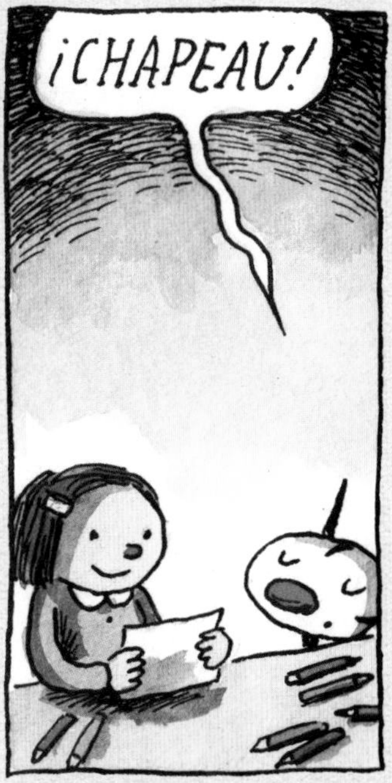
¡CHAPEAU!

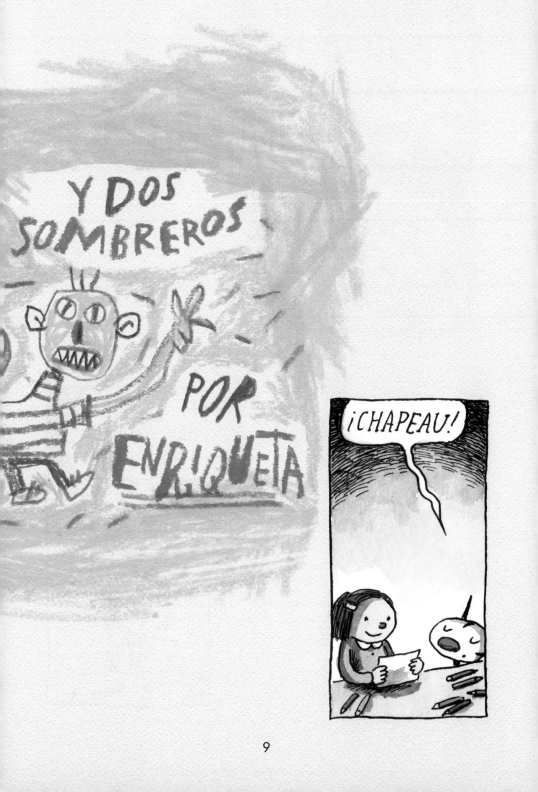

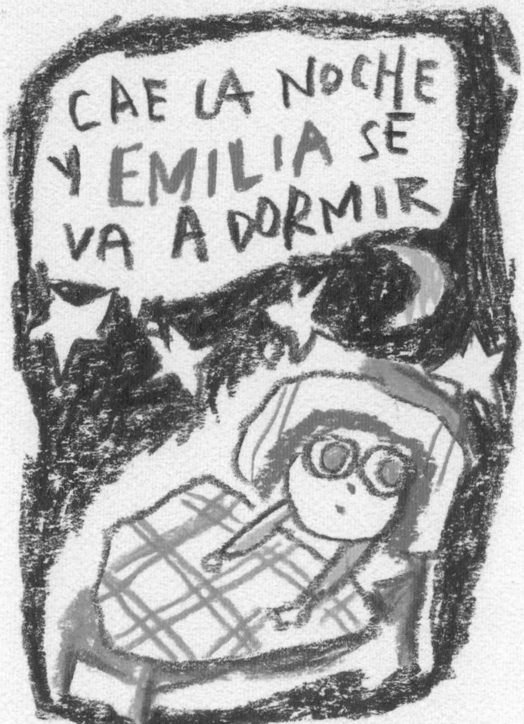
CAE LA NOCHE
Y EMILIA SE
VA A DORMIR

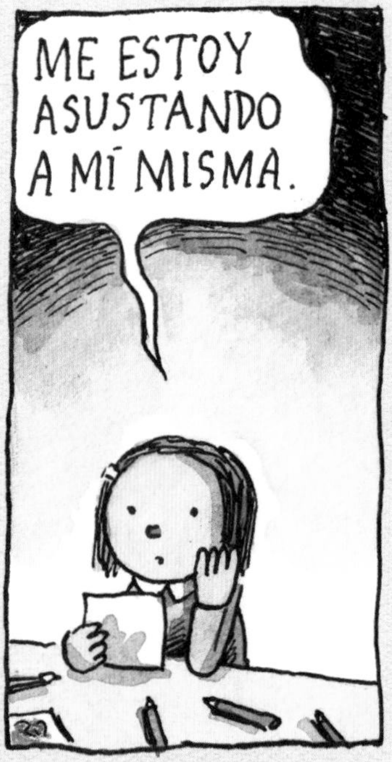
ME ESTOY
ASUSTANDO
A MÍ MISMA.

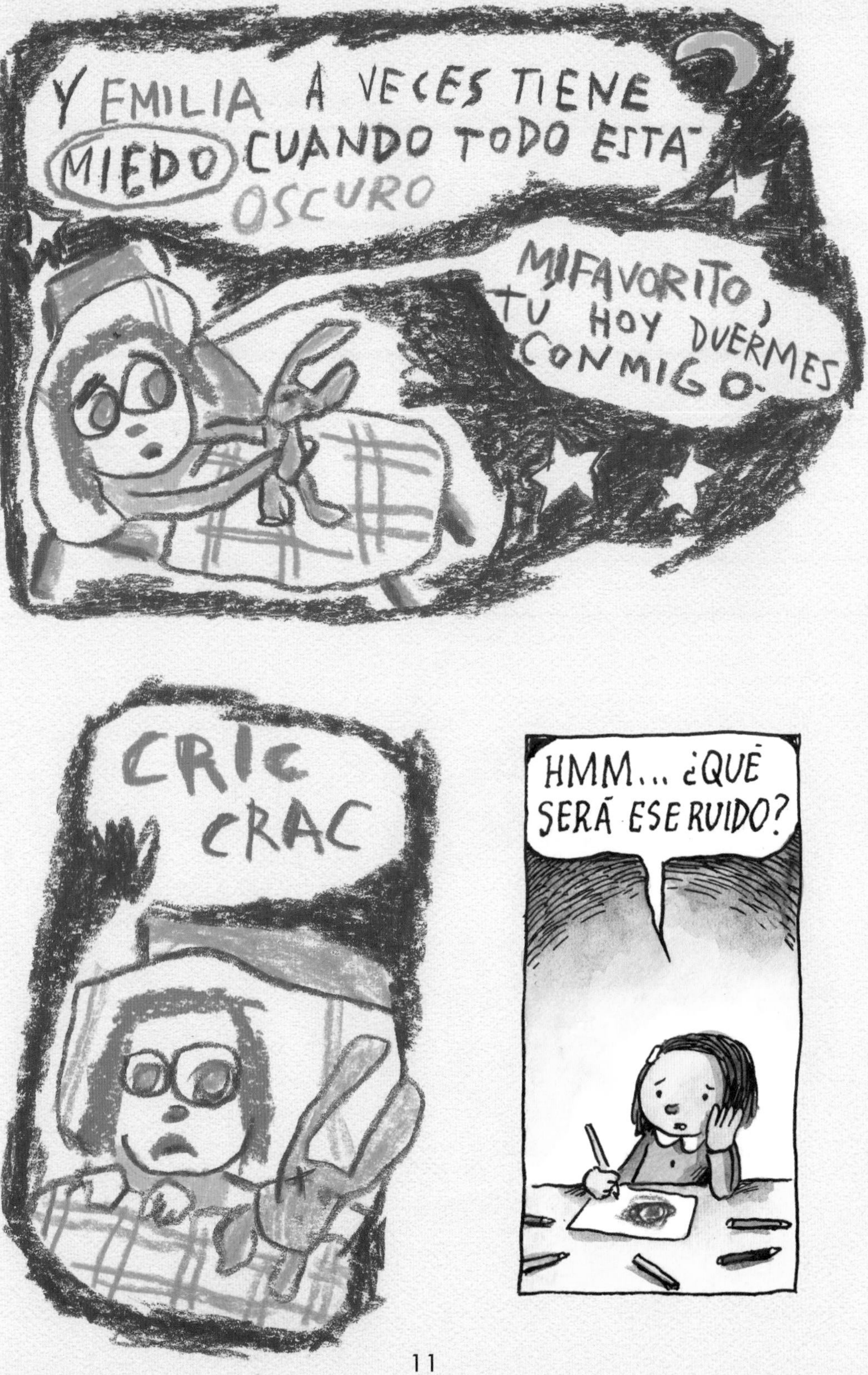
Y EMILIA A VECES TIENE MIEDO CUANDO TODO ESTÁ OSCURO
MI FAVORITO, TÚ HOY DUERMES CONMIGO
CRIC CRAC
HMM... ¿QUÉ SERÁ ESE RUIDO?

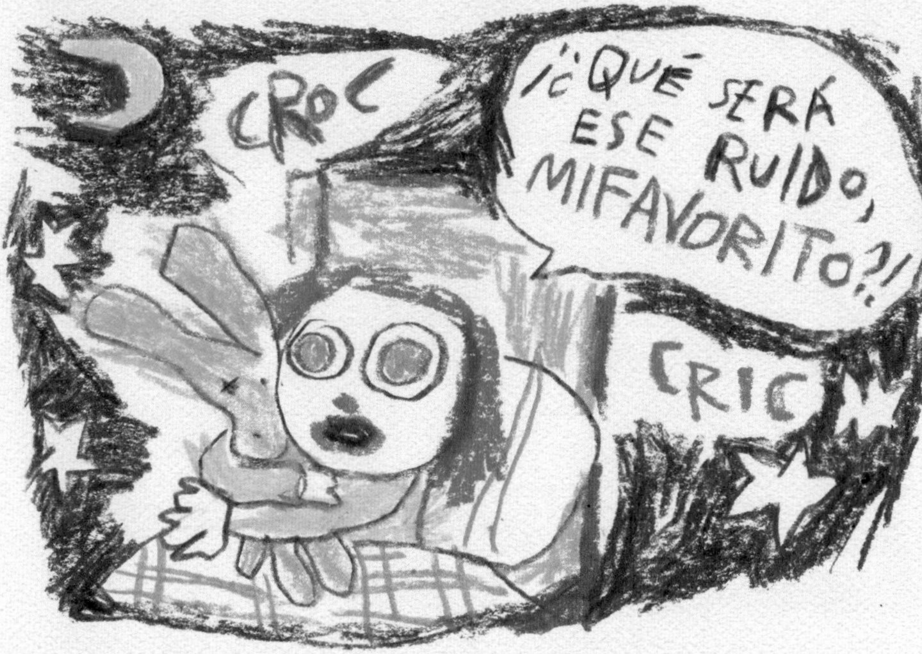
CROC
¡¿QUÉ SERÁ ESE RUIDO, MIFAVORITO?!
CRIC

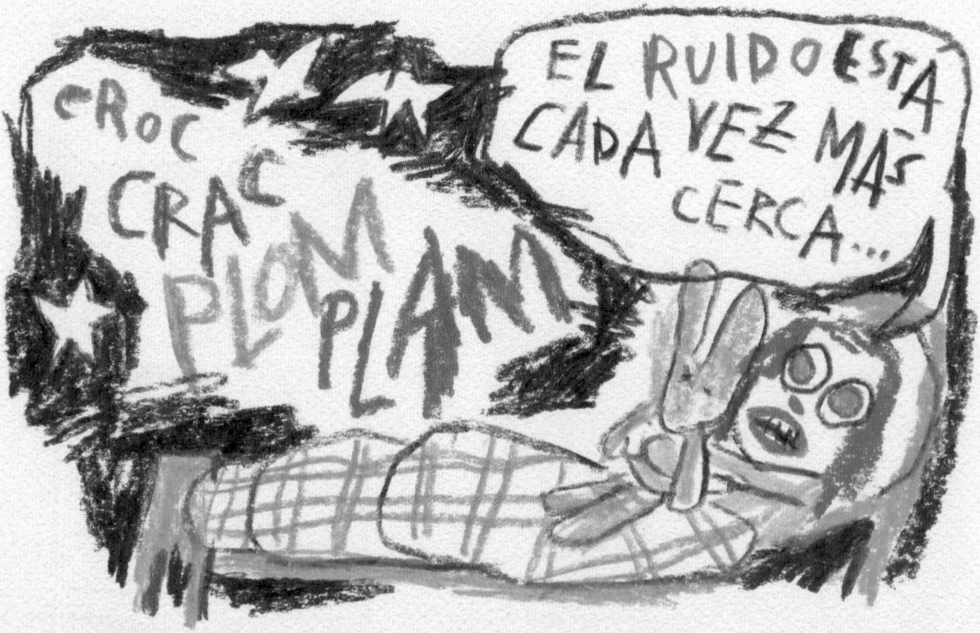
CROC
CRAC
EL RUIDO ESTÁ CADA VEZ MÁS CERCA...
PLOM
PLAM

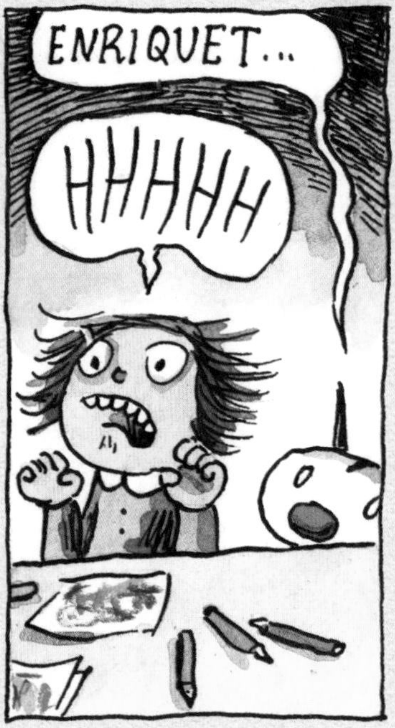
ENRIQUET...
HHHHH

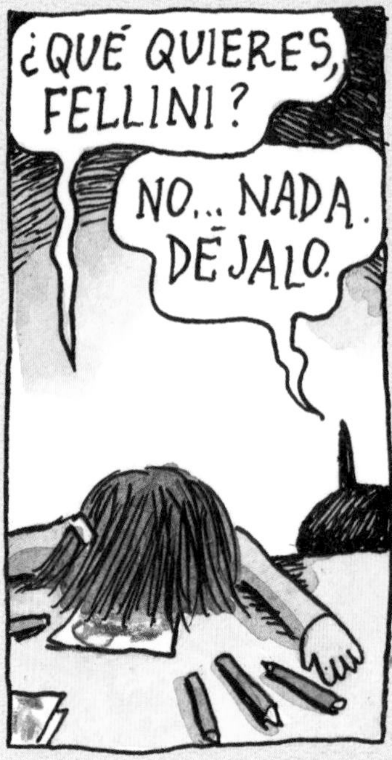
¿QUÉ QUIERES, FELLINI?
NO... NADA. DÉJALO.

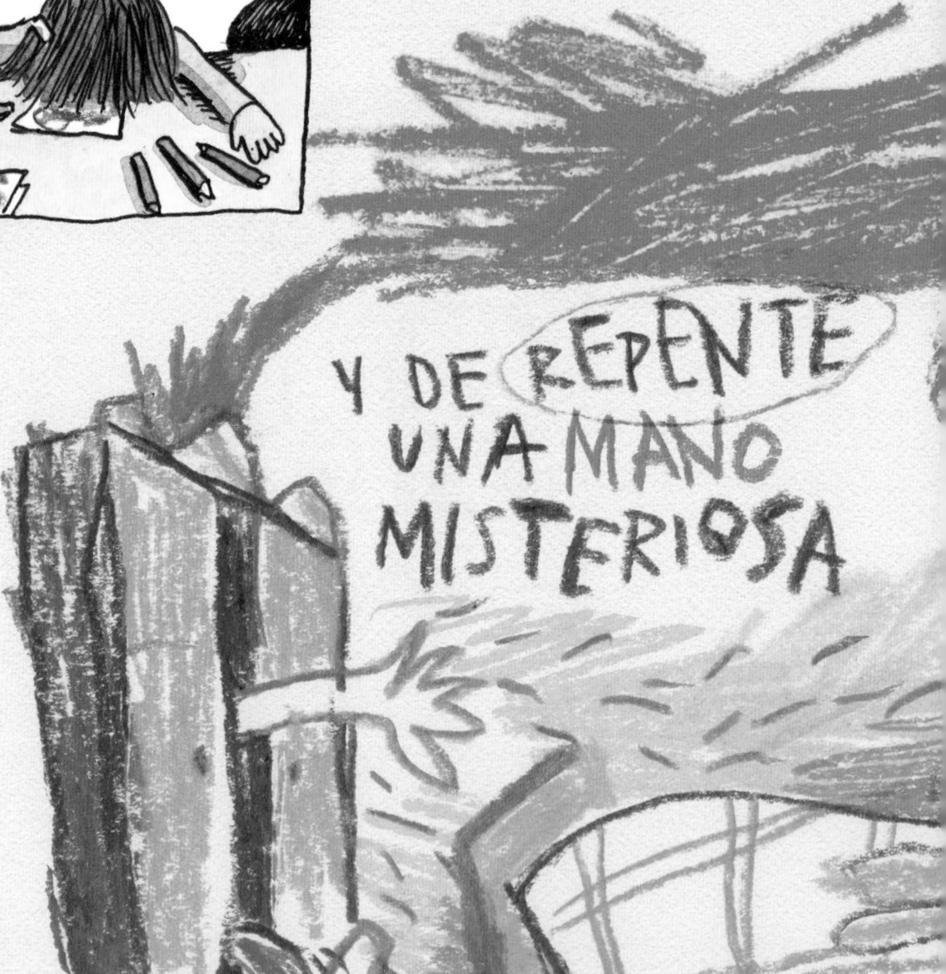
Y DE REPENTE UNA MANO MISTERIOSA

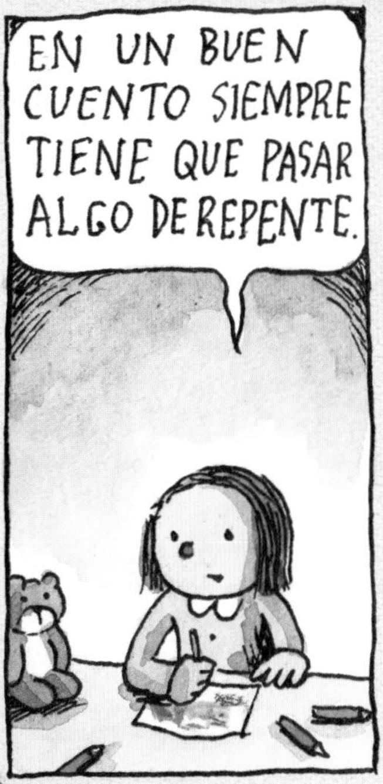
EN UN BUEN CUENTO SIEMPRE TIENE QUE PASAR ALGO DE REPENTE.

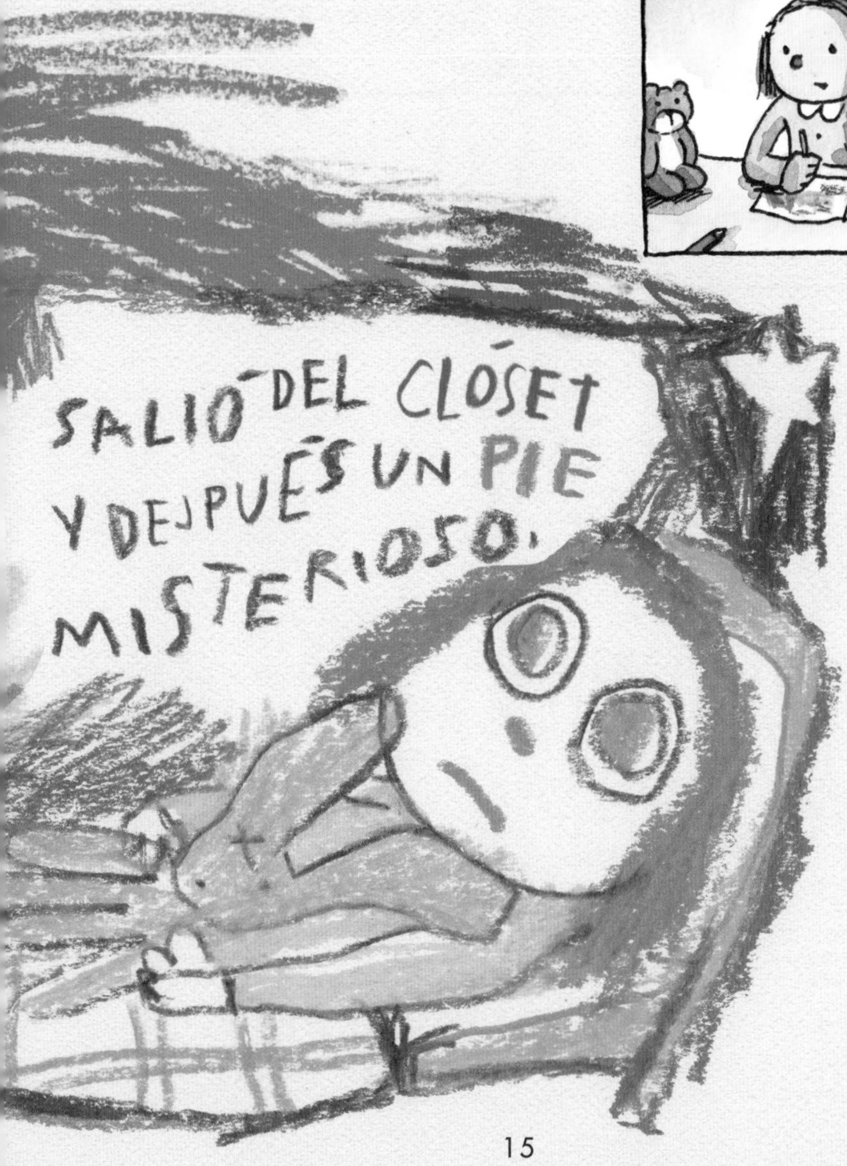
SALIÓ DEL CLÓSET
Y DEJPUÉS UN PIE
MISTERIOSO.

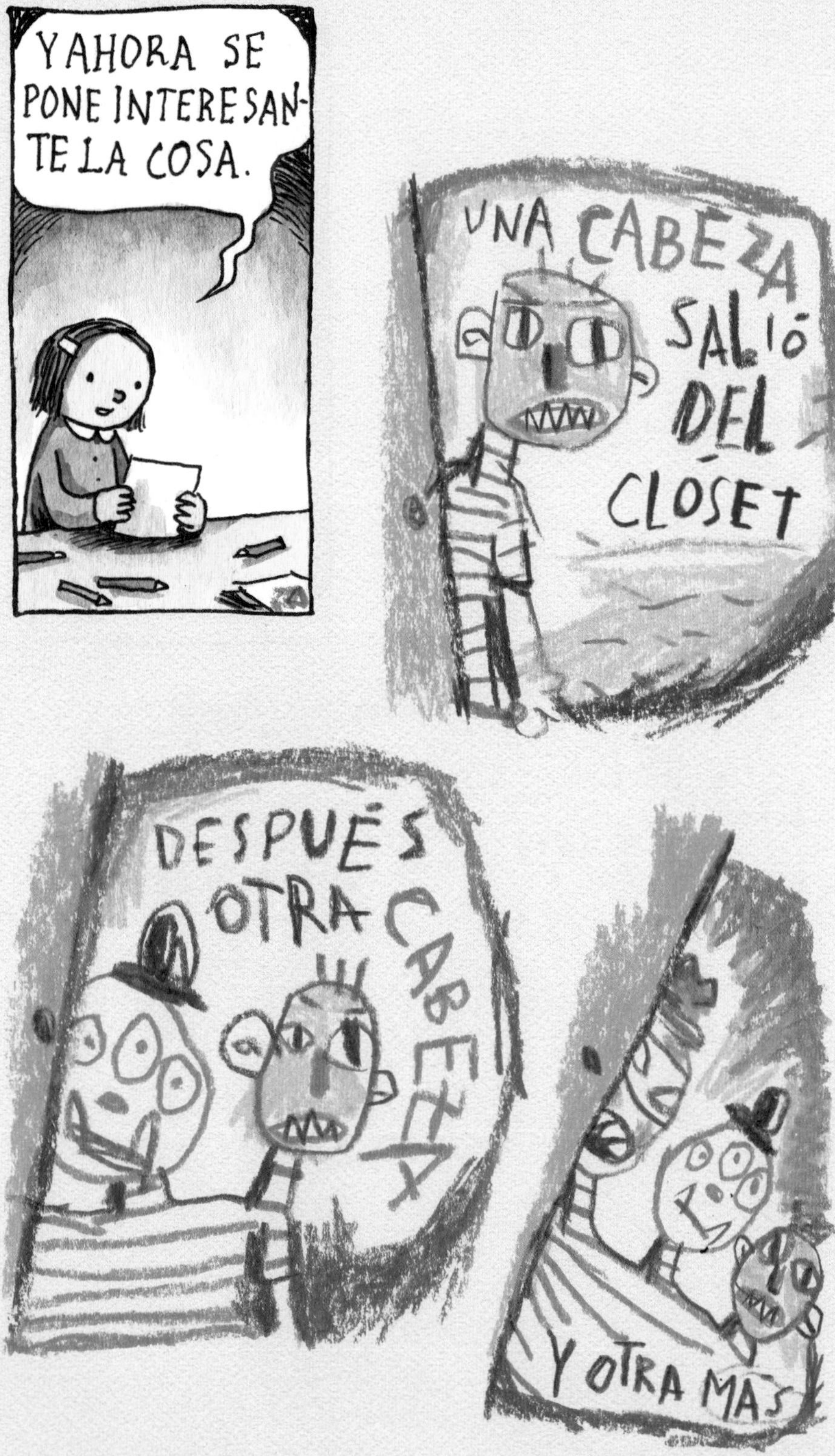
Y AHORA SE PONE INTERESANTE LA COSA.
UNA CABEZA SALIÓ DEL CLÓSET
DESPUÉS OTRA CABEZA
Y OTRA MÁS

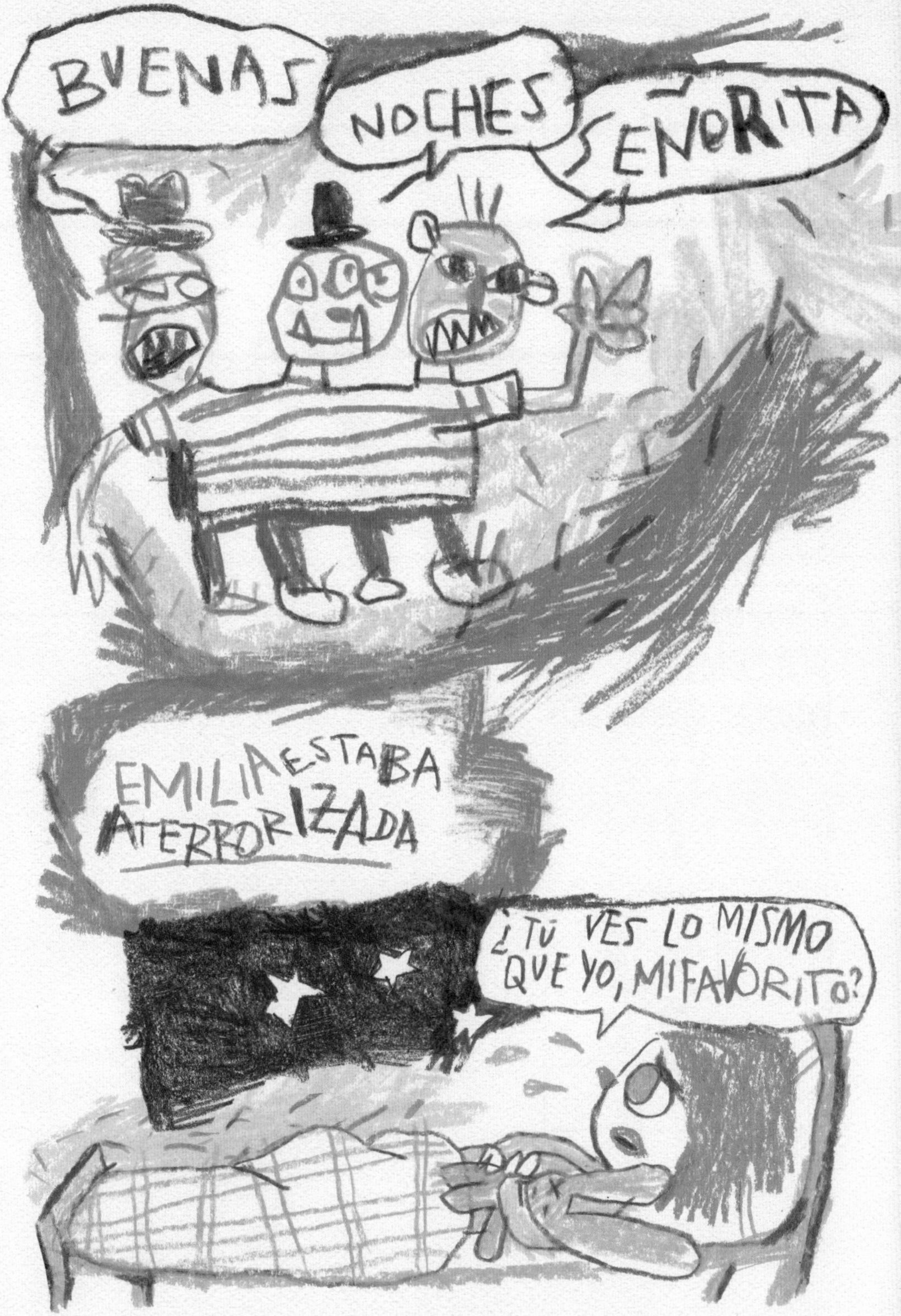
BUENAS
NOCHES
SEÑORITA
EMILIA ESTABA ATERRORIZADA
¿TÚ VES LO MISMO QUE YO, MI FAVORITO?

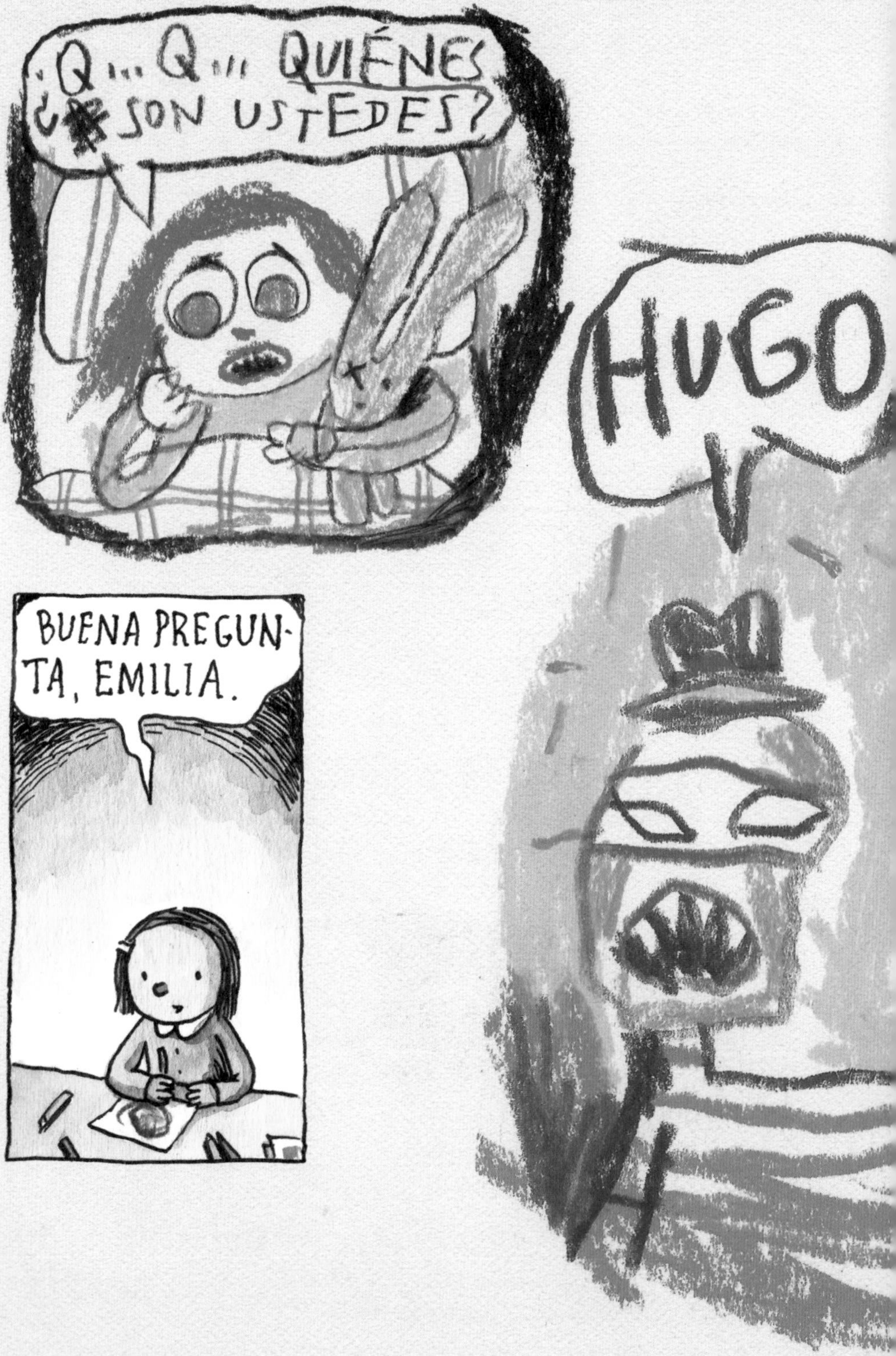
Q... Q... QUIÉNES ¿SON USTEDES?
HUGO
BUENA PREGUNTA, EMILIA.

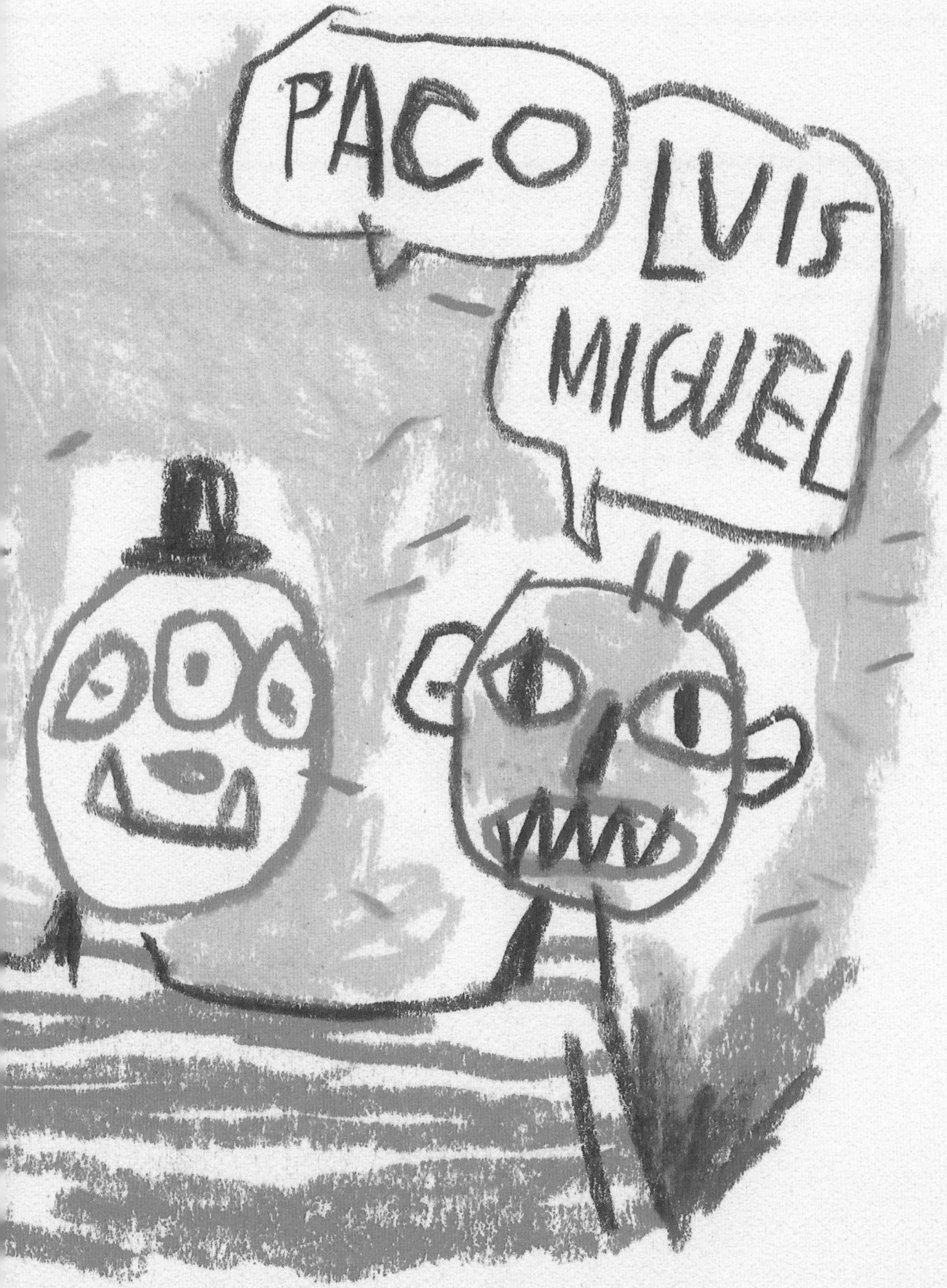
PACO
LUIS MIGUEL

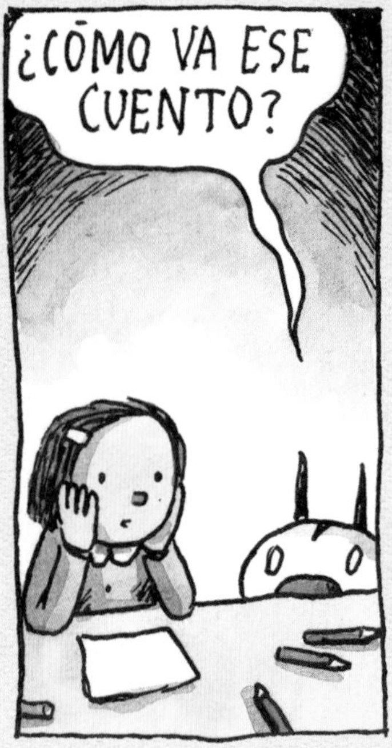
¿CÓMO VA ESE CUENTO?

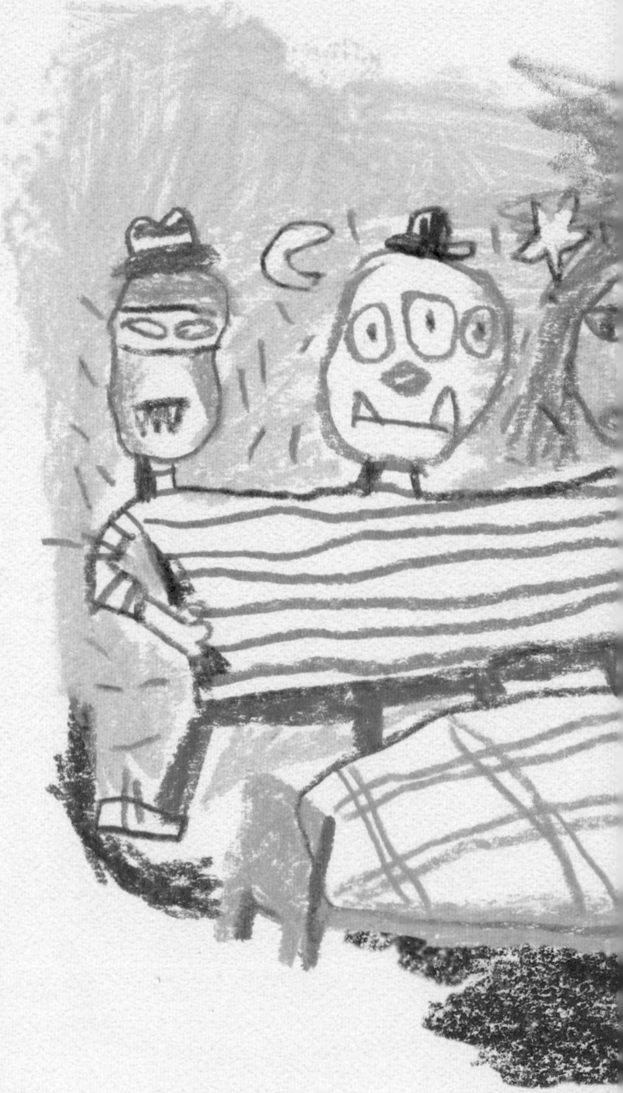

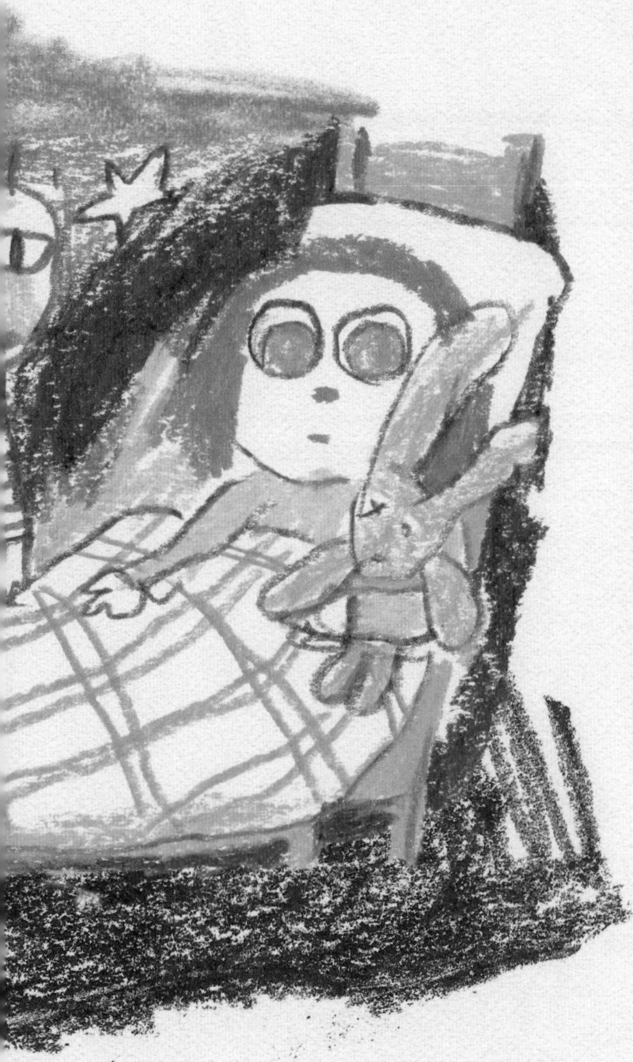

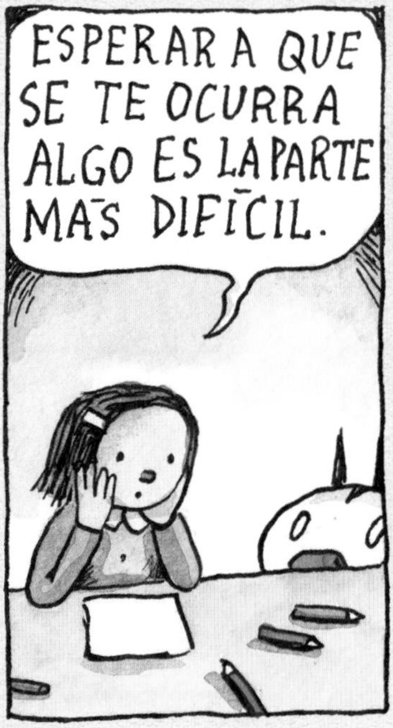
ESPERAR A QUE SE TE OCURRA ALGO ES LA PARTE MÁS DIFÍCIL.

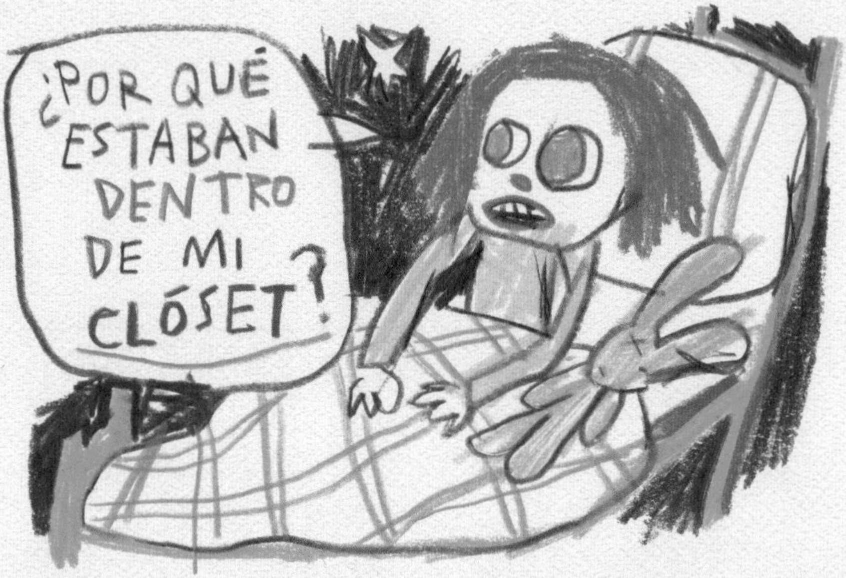
¿POR QUÉ ESTABAN DENTRO DE MI CLÓSET?

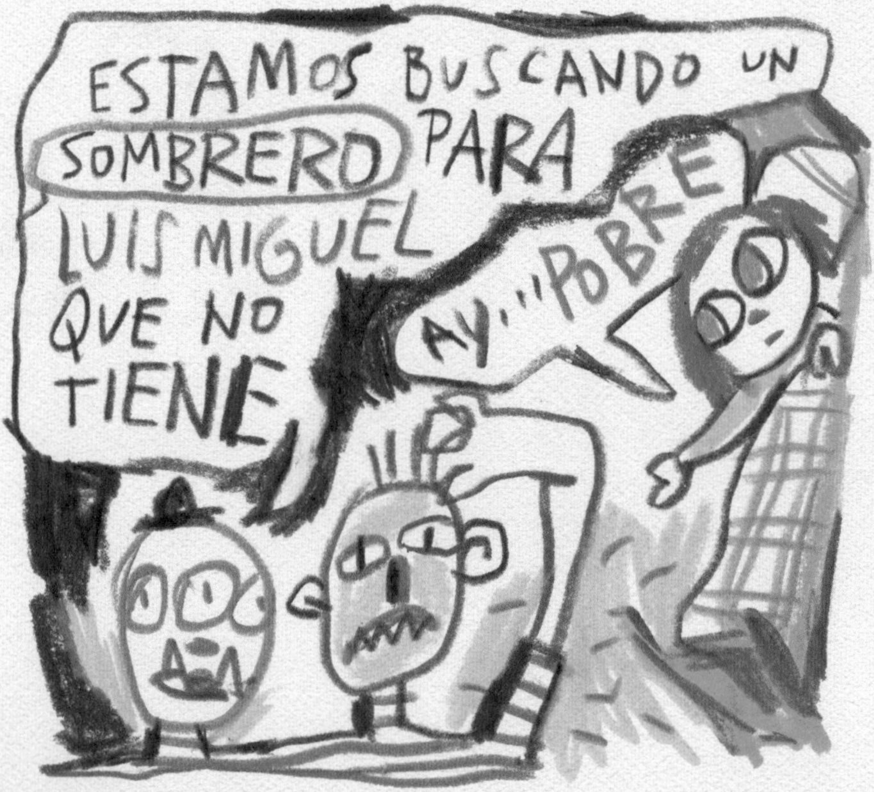
ESTAMOS BUSCANDO UN SOMBRERO PARA LUIS MIGUEL QUE NO TIENE
AY... POBRE

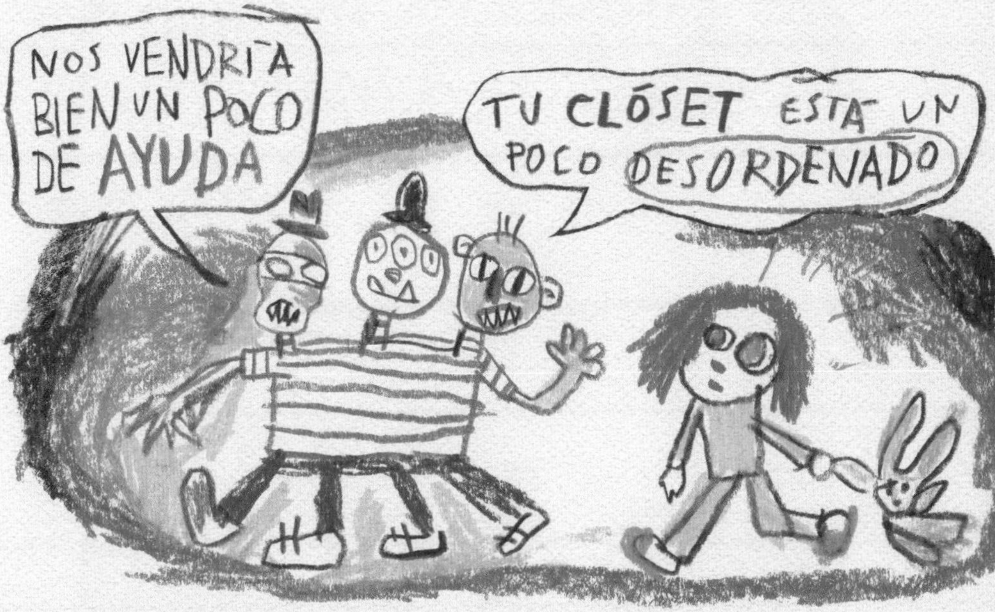
NOS VENDRÍA BIEN UN POCO DE AYUDA
TU CLÓSET ESTÁ UN POCO DESORDENADO

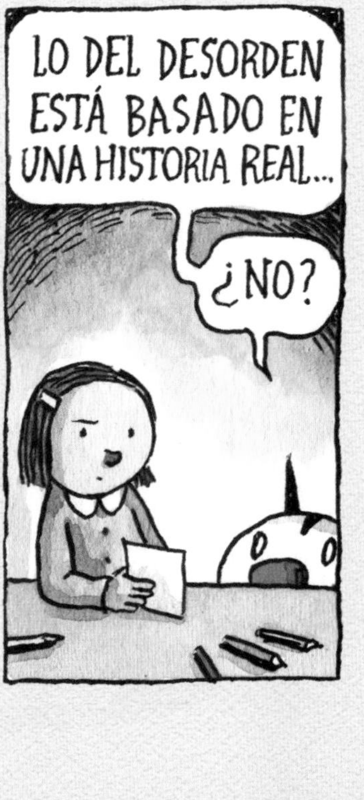
LO DEL DESORDEN ESTÁ BASADO EN UNA HISTORIA REAL...
¿NO?

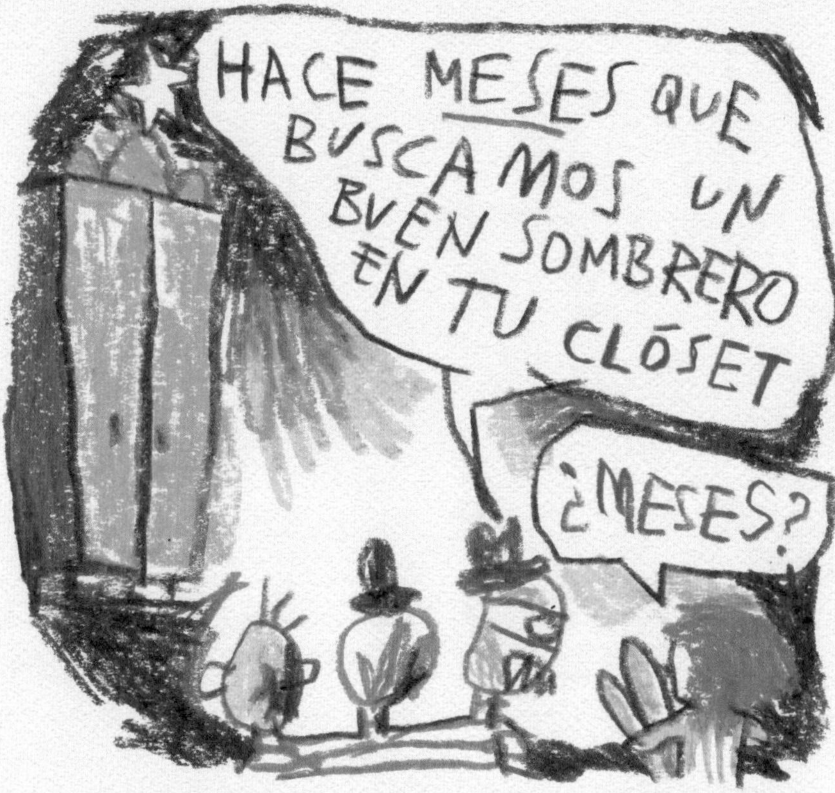
HACE MESES QUE BUSCAMOS UN BUEN SOMBRERO EN TU CLÓSET
¿MESES?

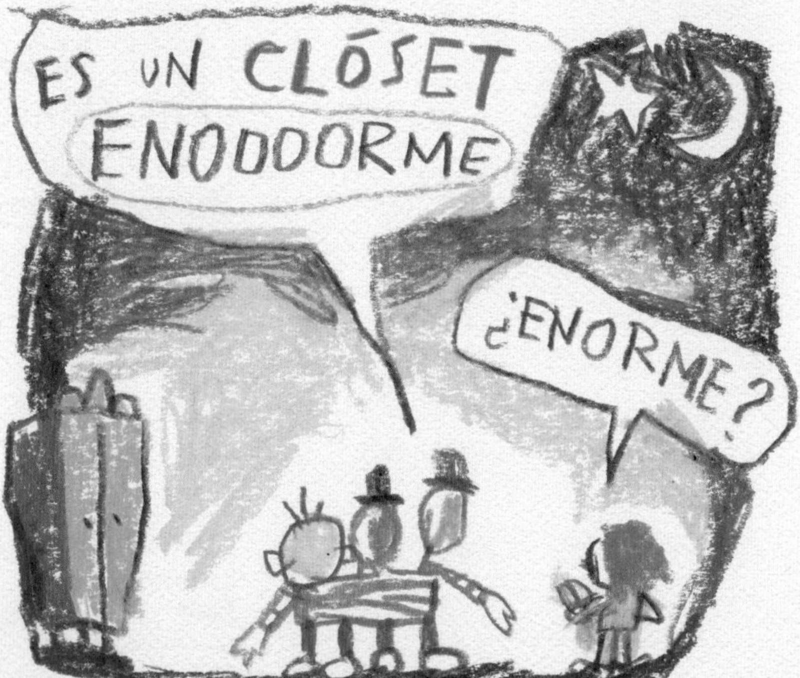
ES UN CLÓSET ENODOORME
¿ENORME?

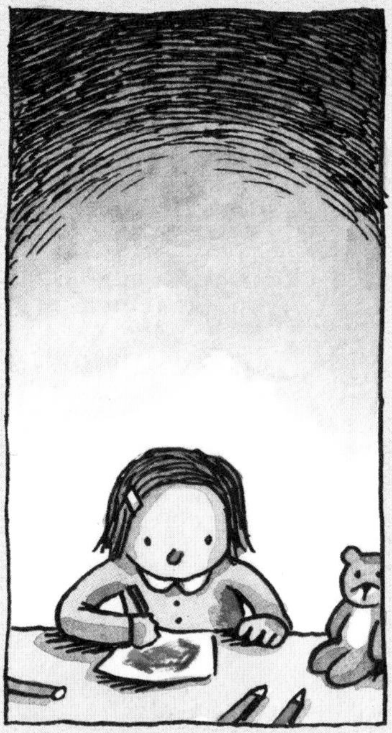

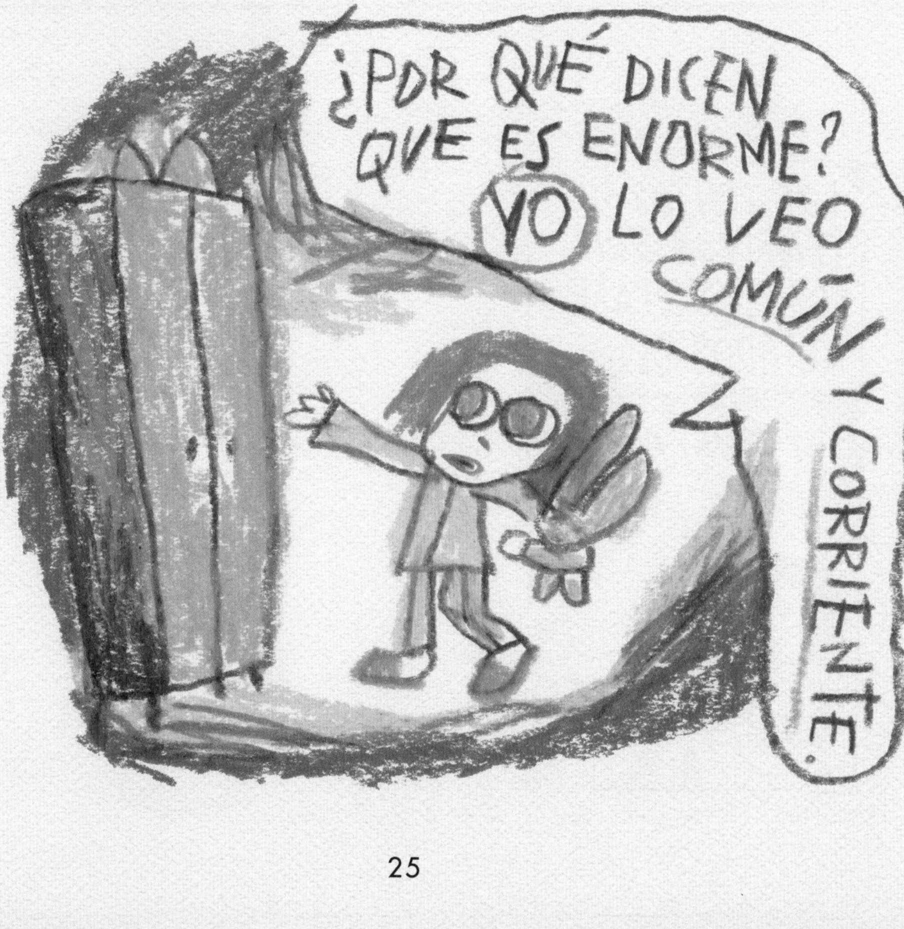
¿POR QUÉ DICEN QUE ES ENORME? YO LO VEO COMÚN Y CORRIENTE.

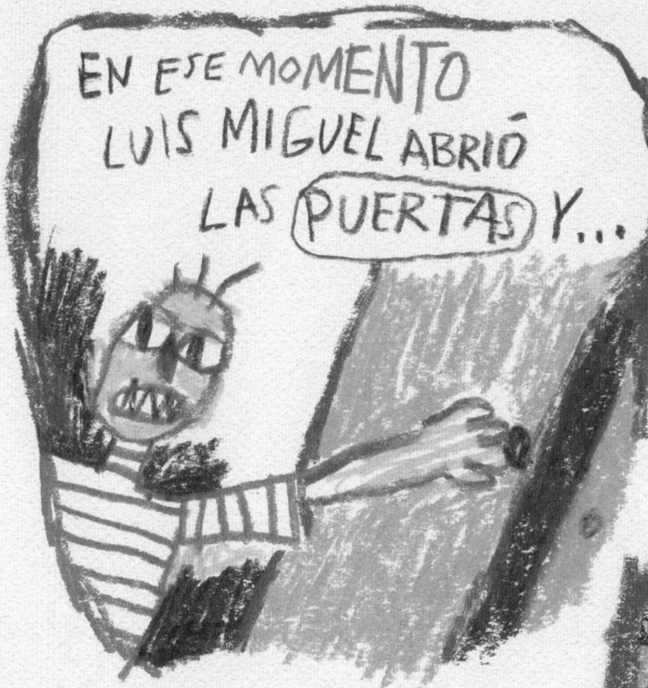
EN ESE MOMENTO LUIS MIGUEL ABRIÓ LAS PUERTAS Y...

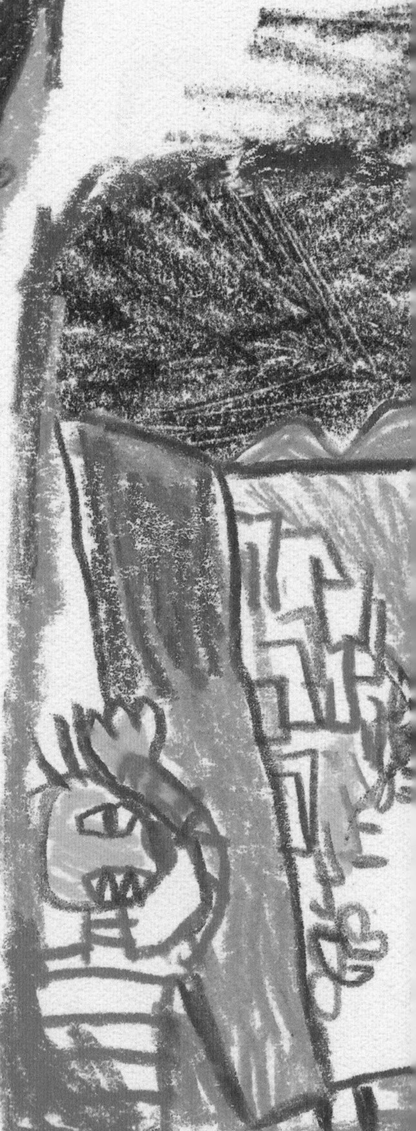

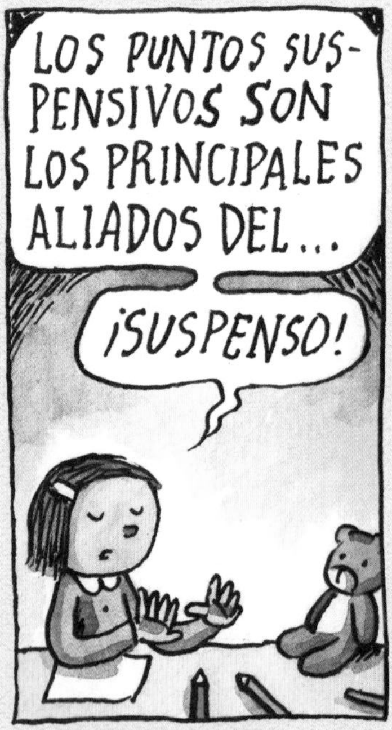
LOS PUNTOS SUS-PENSIVOS SON LOS PRINCIPALES ALIADOS DEL...
¡SUSPENSO!

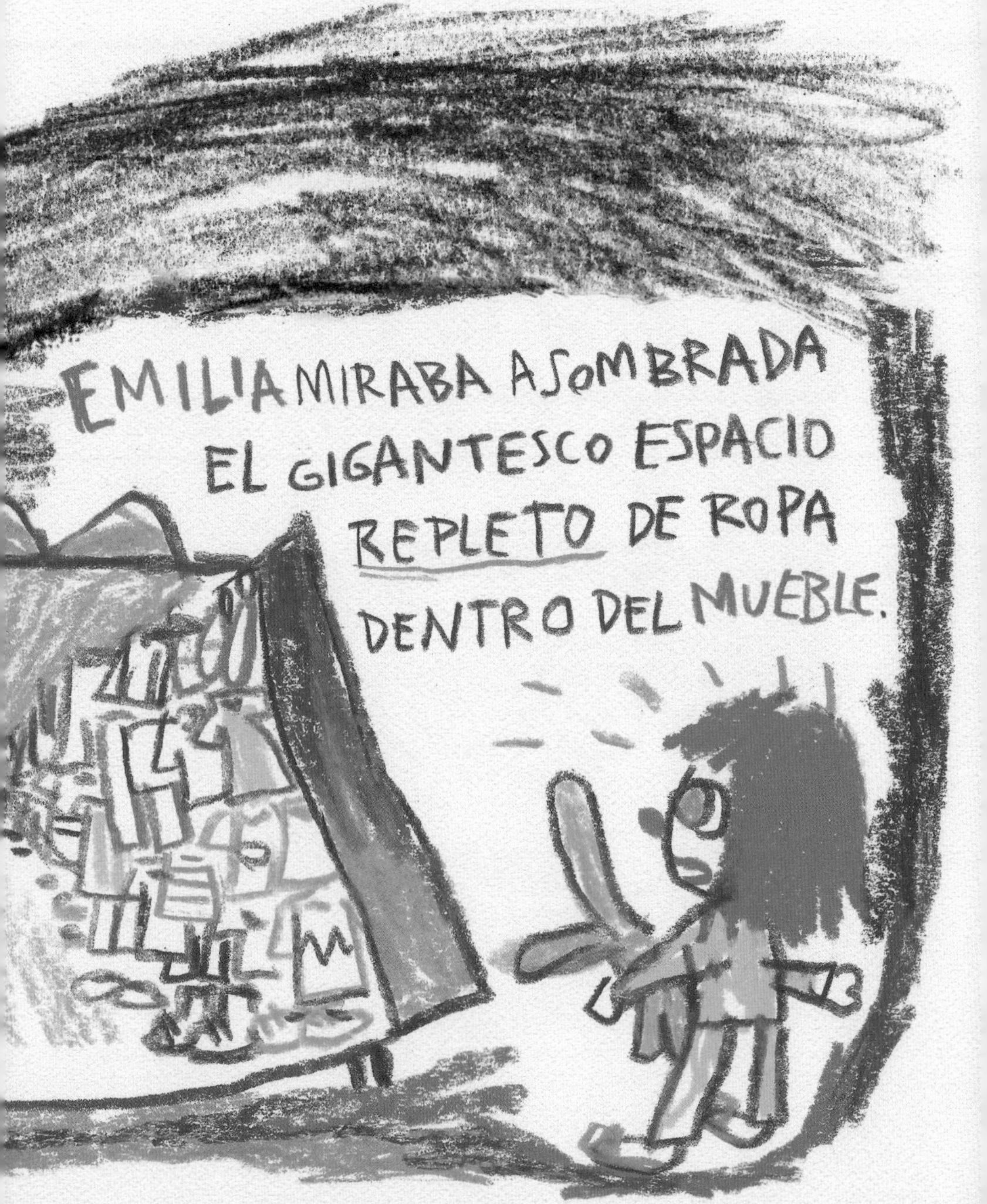
EMILIA MIRABA ASOMBRADA EL GIGANTESCO ESPACIO REPLETO DE ROPA DENTRO DEL MUEBLE.

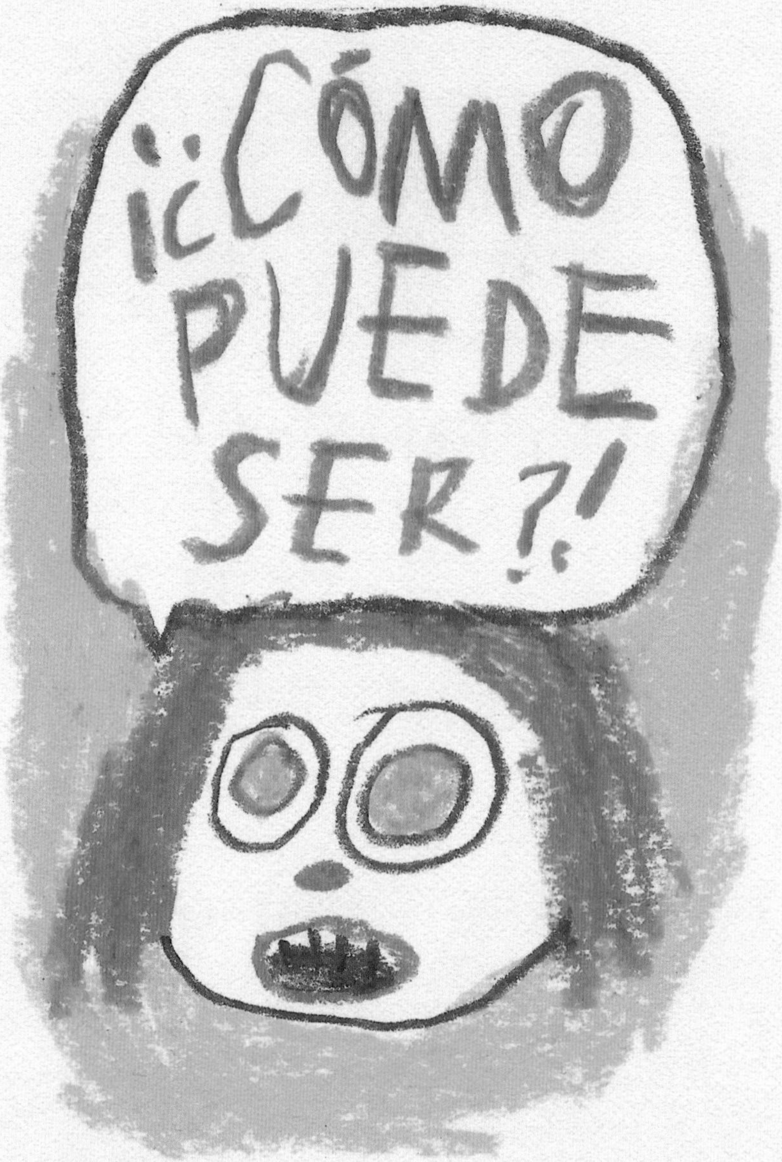
¡¿CÓMO PUEDE SER?!

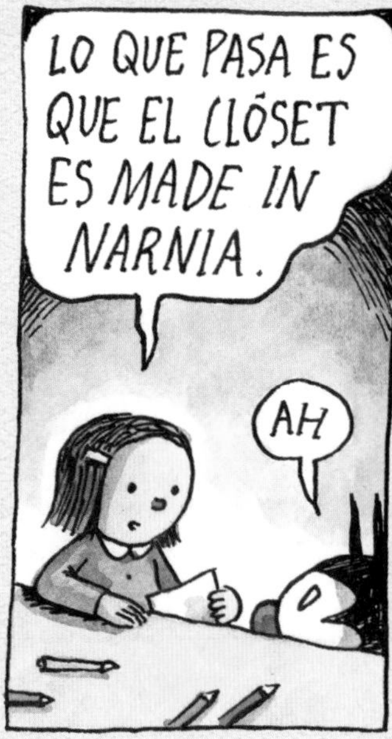
LO QUE PASA ES QUE EL CLÓSET ES MADE IN NARNIA.
AH
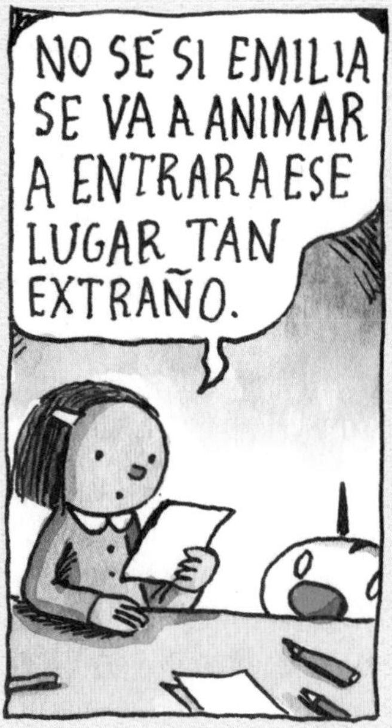
NO SÉ SI EMILIA SE VA A ANIMAR A ENTRAR A ESE LUGAR TAN EXTRAÑO.
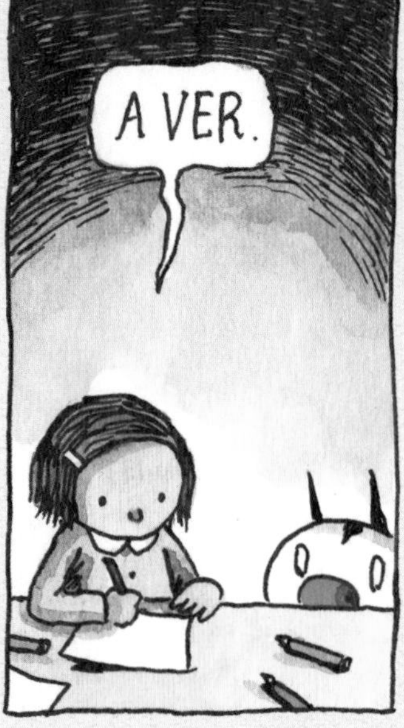
A VER.

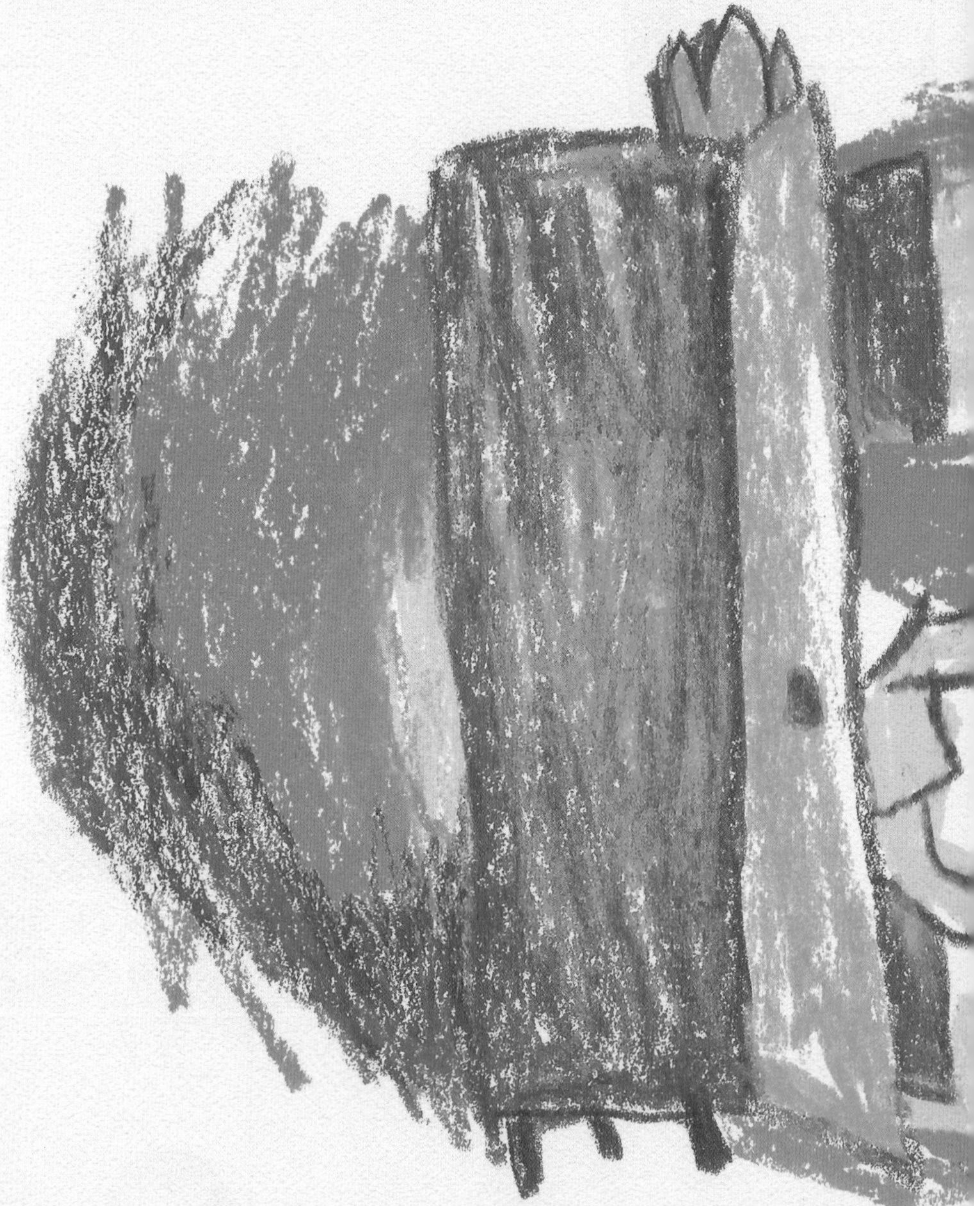

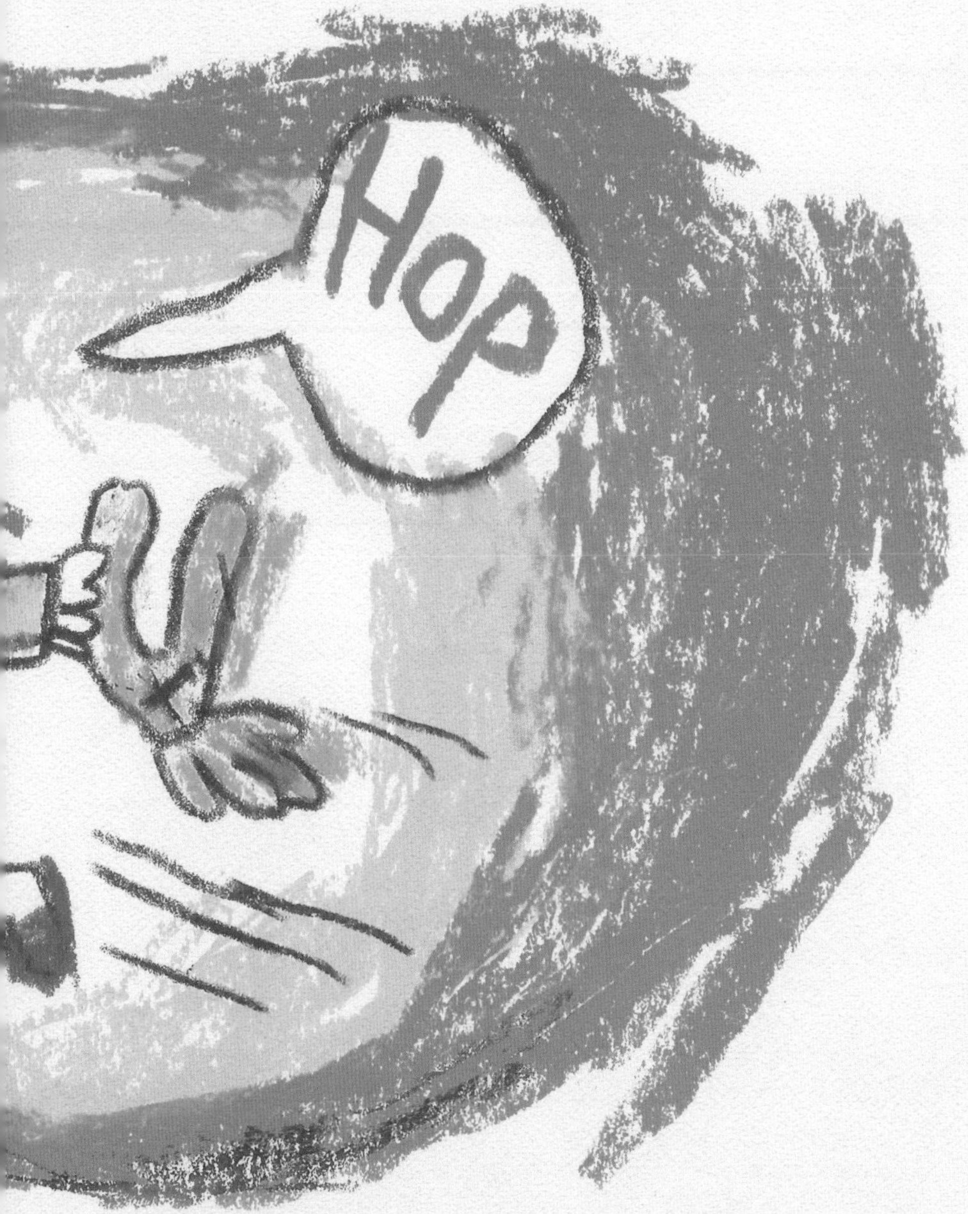
Hop

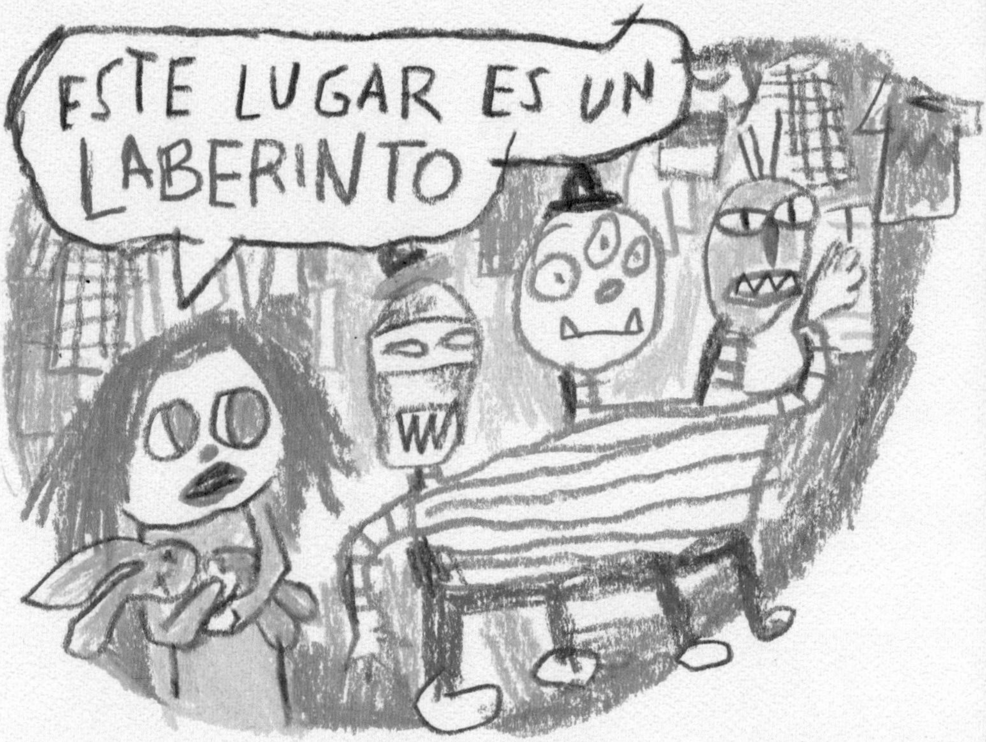
ESTE LUGAR ES UN LABERINTO

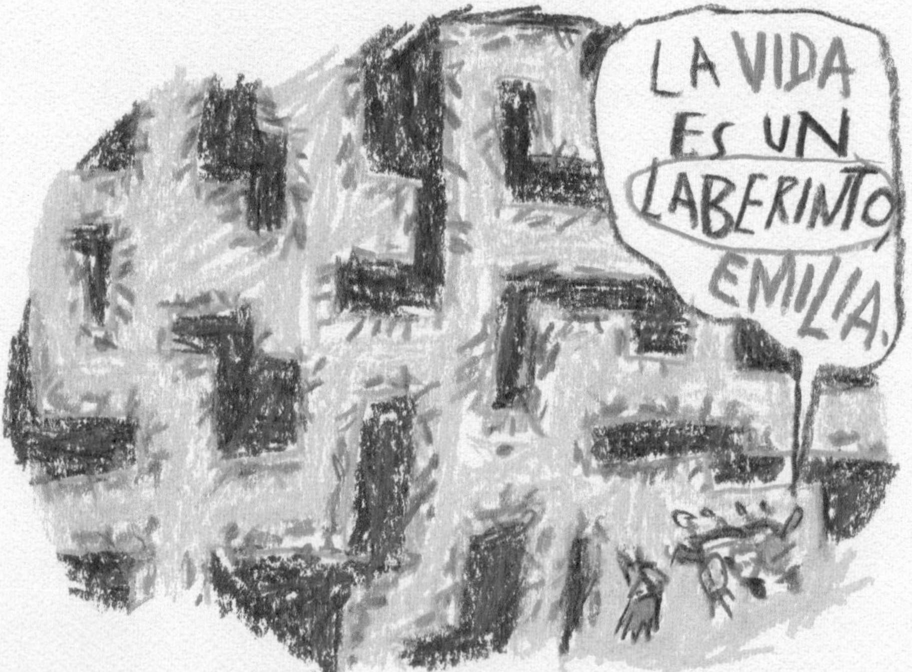
LA VIDA ES UN LABERINTO EMILIA.

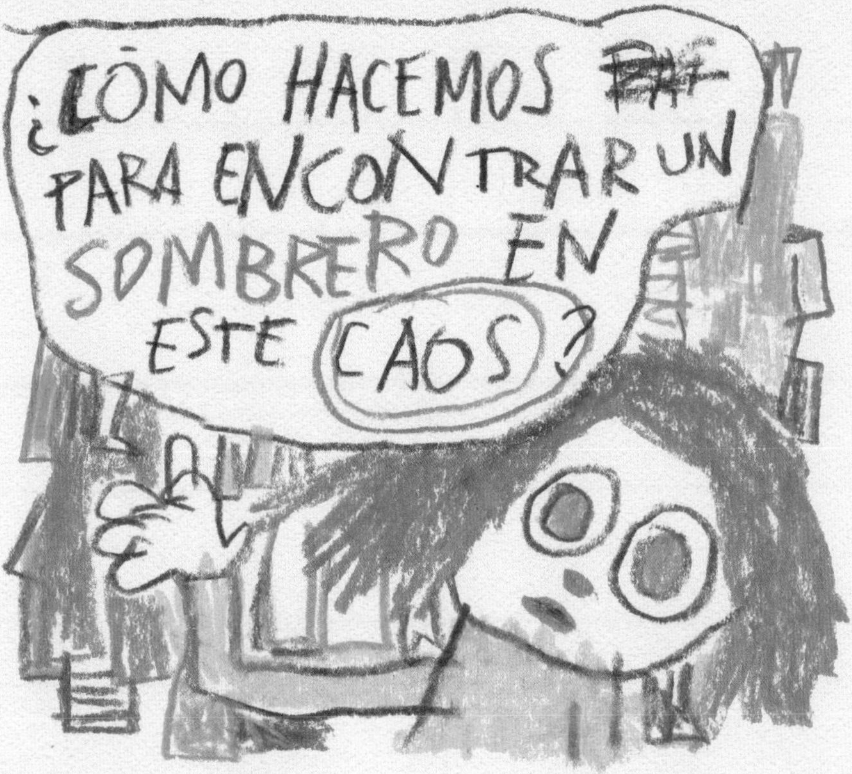
¿CÓMO HACEMOS ~~PA~~ PARA ENCONTRAR UN SOMBRERO EN ESTE CAOS?

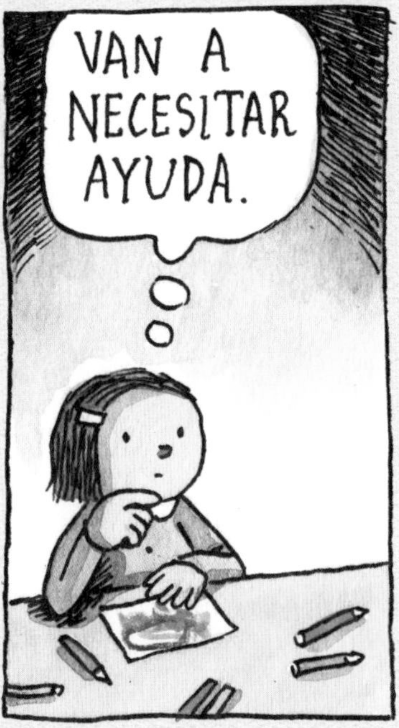
VAN A NECESITAR AYUDA.

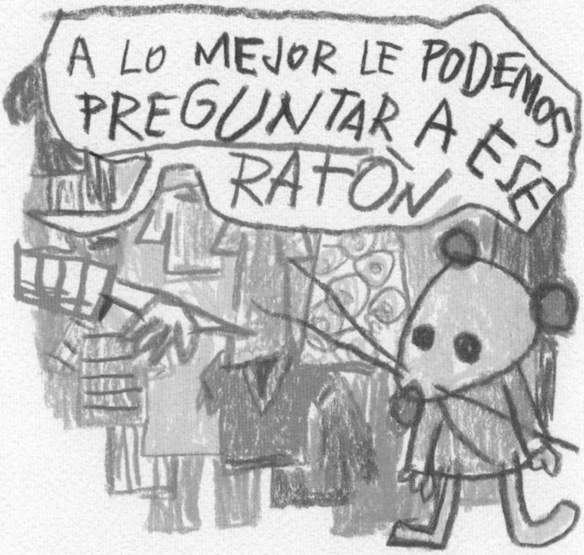
A LO MEJOR LE PODEMOS PREGUNTAR A ESE RATÒN

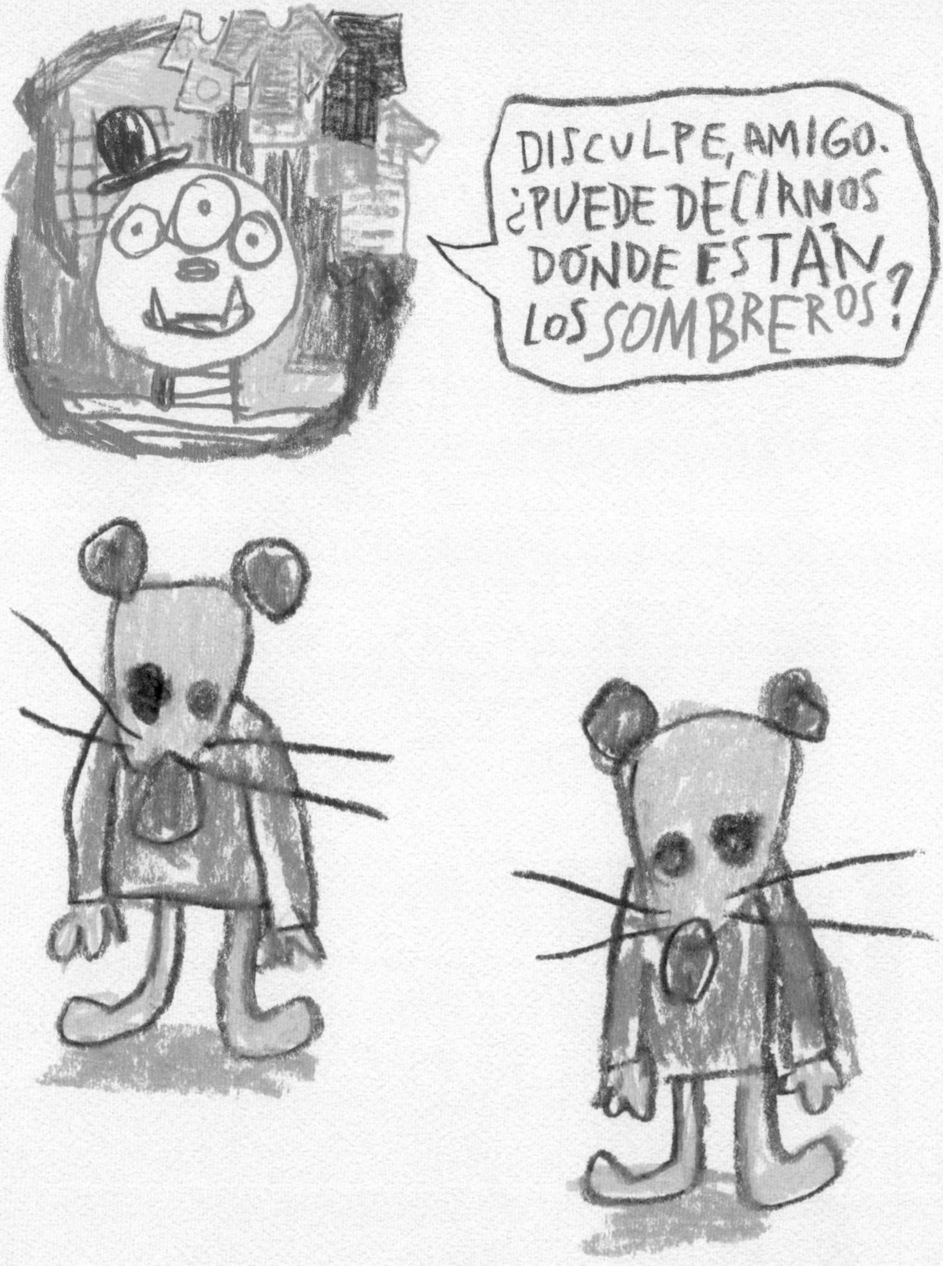
DISCULPE, AMIGO. ¿PUEDE DECIRNOS DÓNDE ESTÁN LOS SOMBREROS?

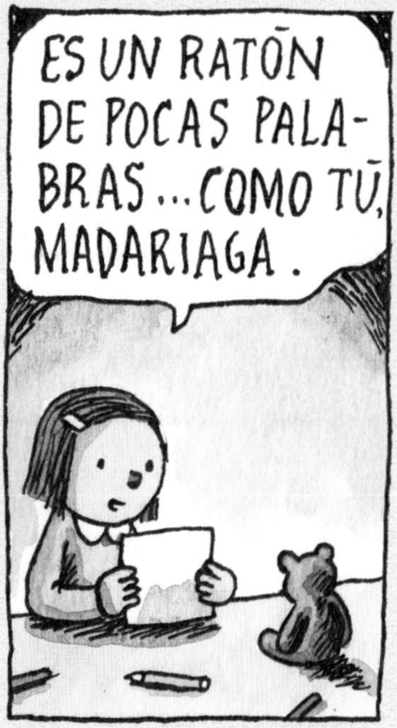
ES UN RATÓN DE POCAS PALABRAS... COMO TÚ, MADARIAGA.

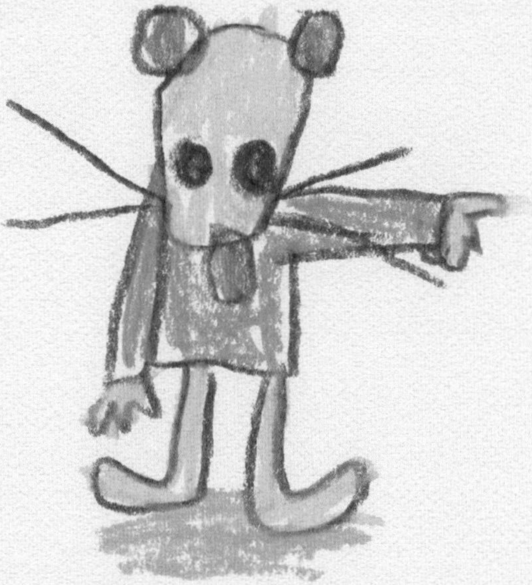

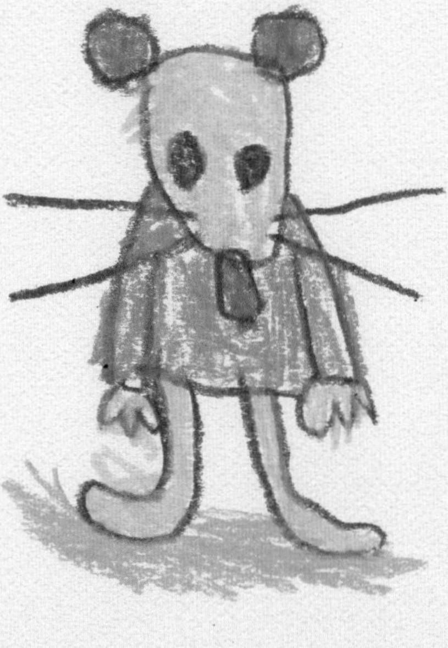

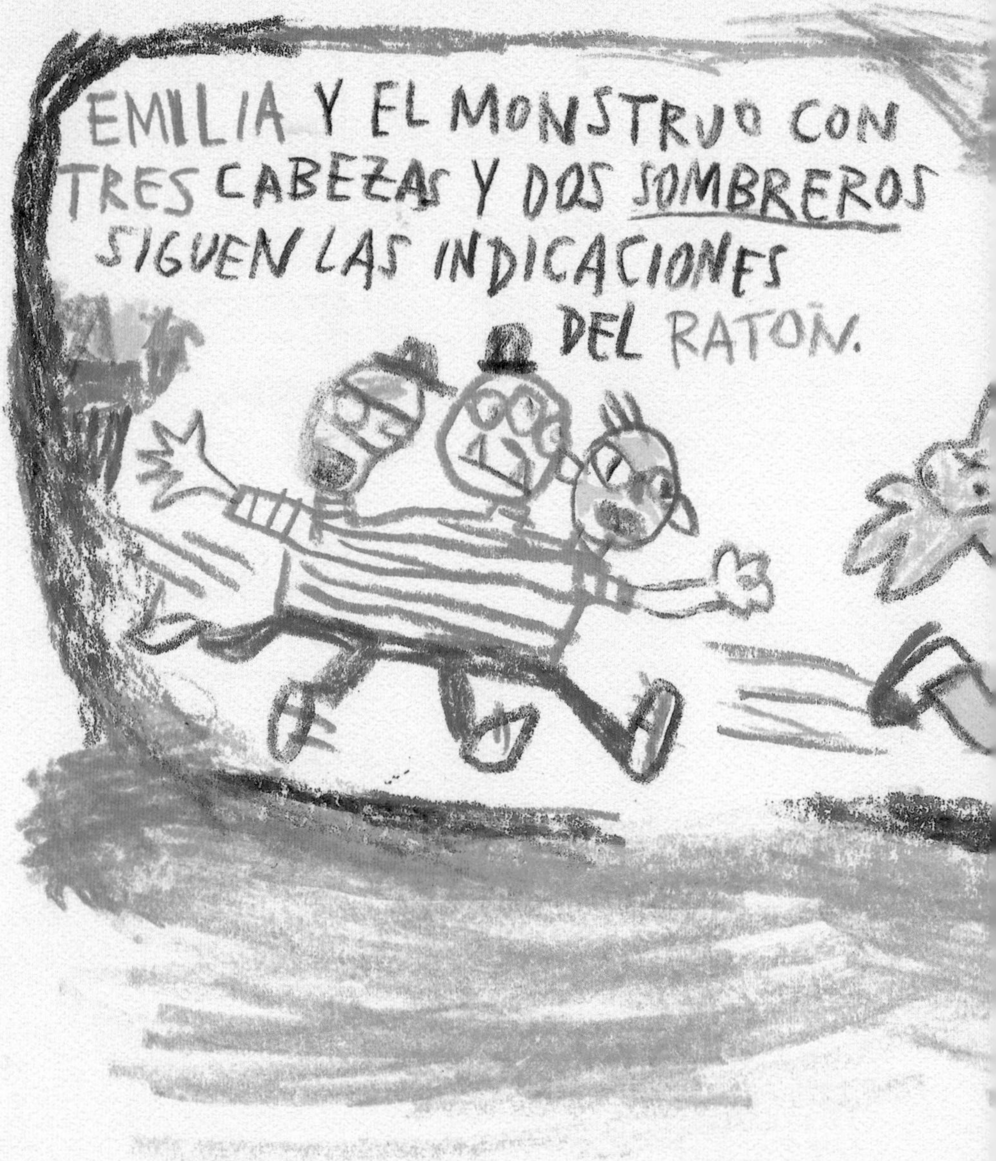
EMILIA Y EL MONSTRUO CON TRES CABEZAS Y DOS SOMBREROS SIGUEN LAS INDICACIONES DEL RATÓN.

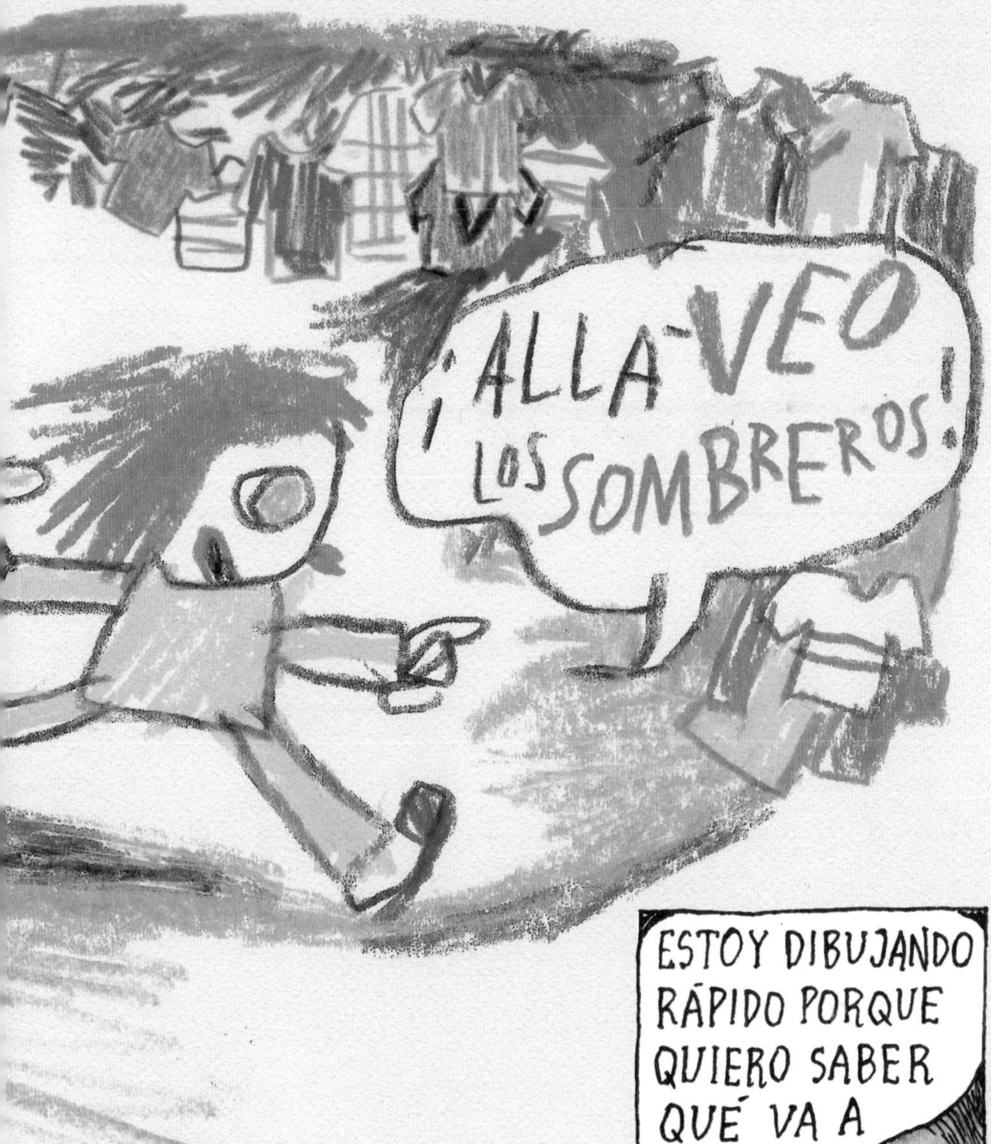
¡ALLÁ VEO LOS SOMBREROS!

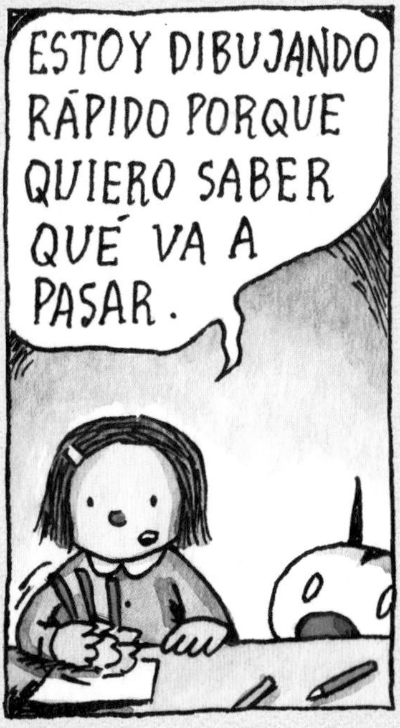
ESTOY DIBUJANDO RÁPIDO PORQUE QUIERO SABER QUÉ VA A PASAR.

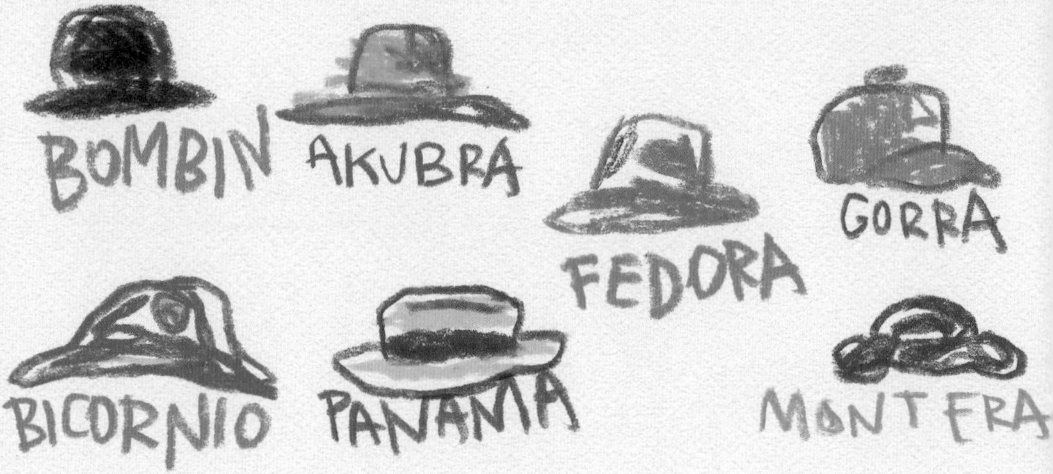
BOMBIN
AKUBRA
FEDORA
GORRA
BICORNIO
PANAMA
MONTERA

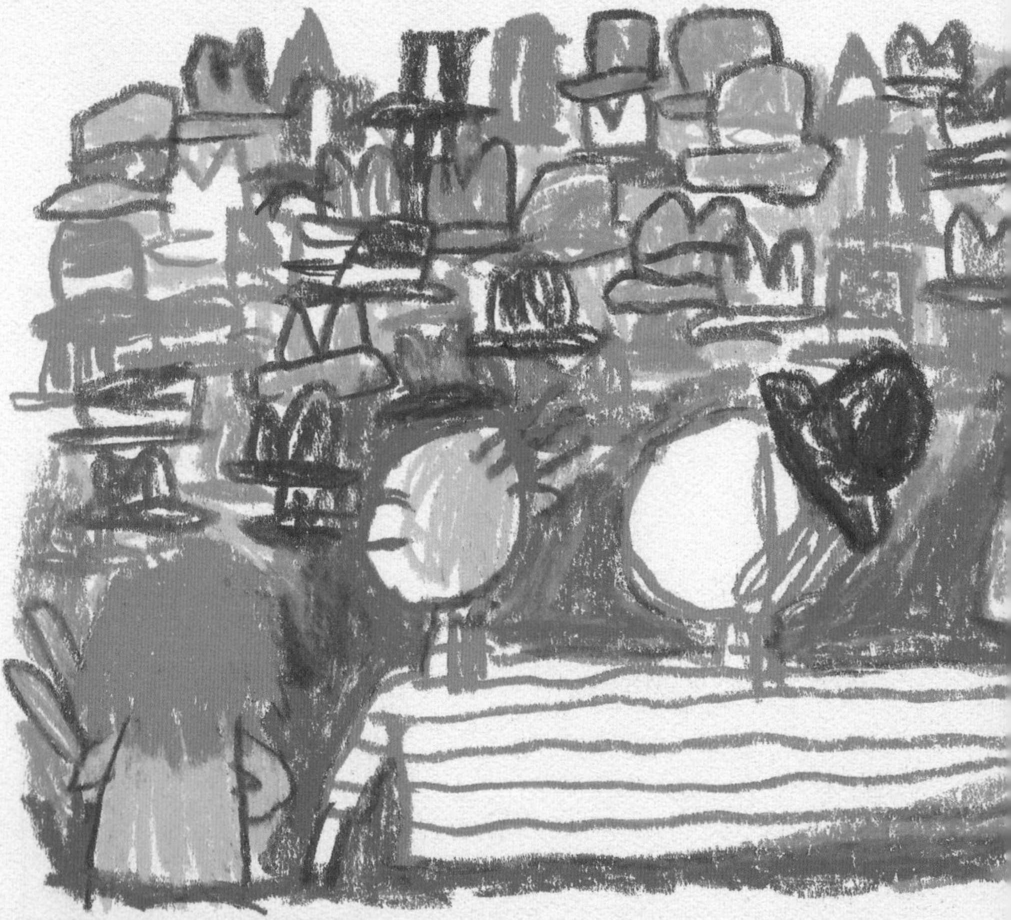

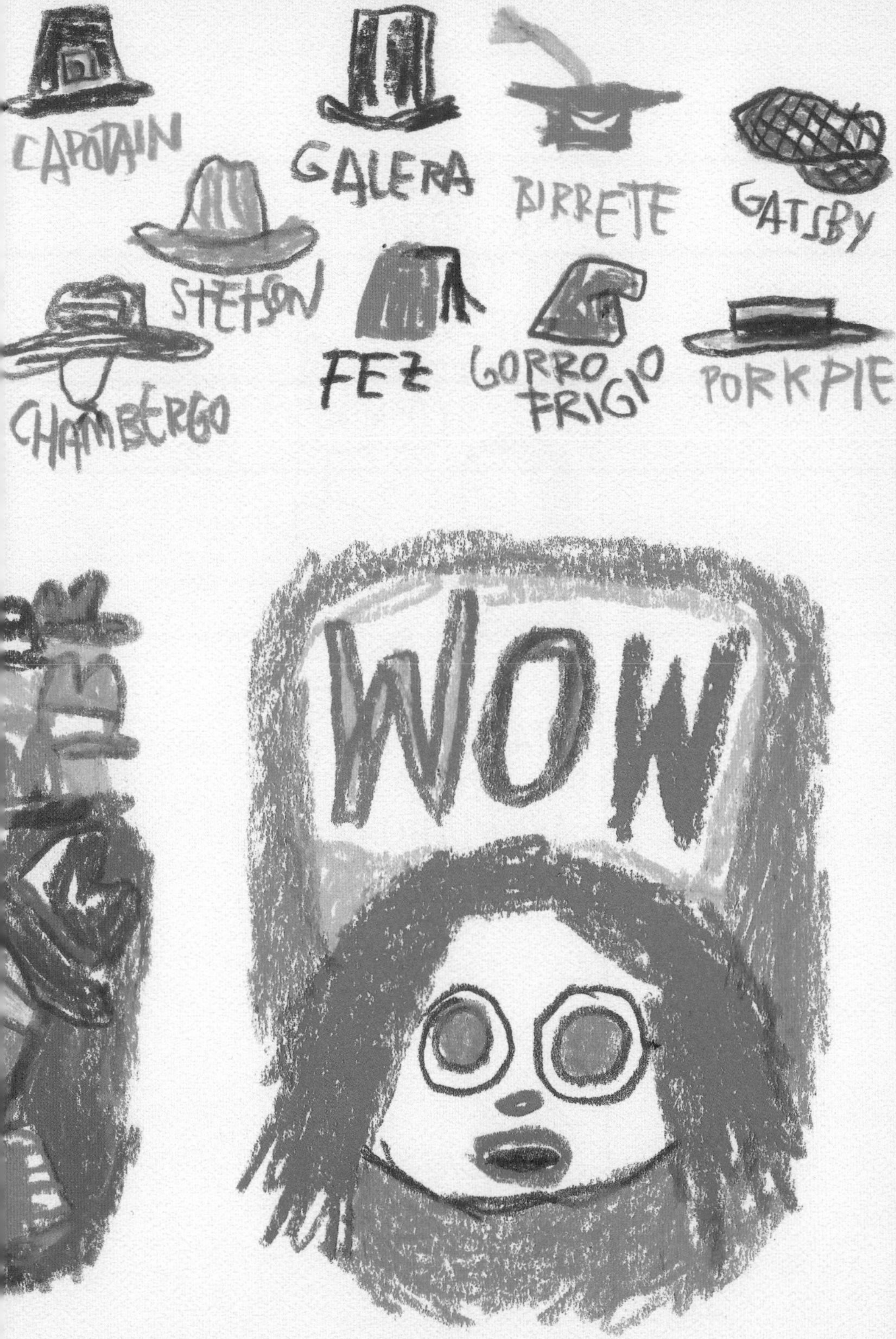
CAPOTAIN
GALERA
BIRRETE
GATSBY
STETSON
CHAMBERGO
FEZ
GORRO FRIGIO
PORKPIE
WOW

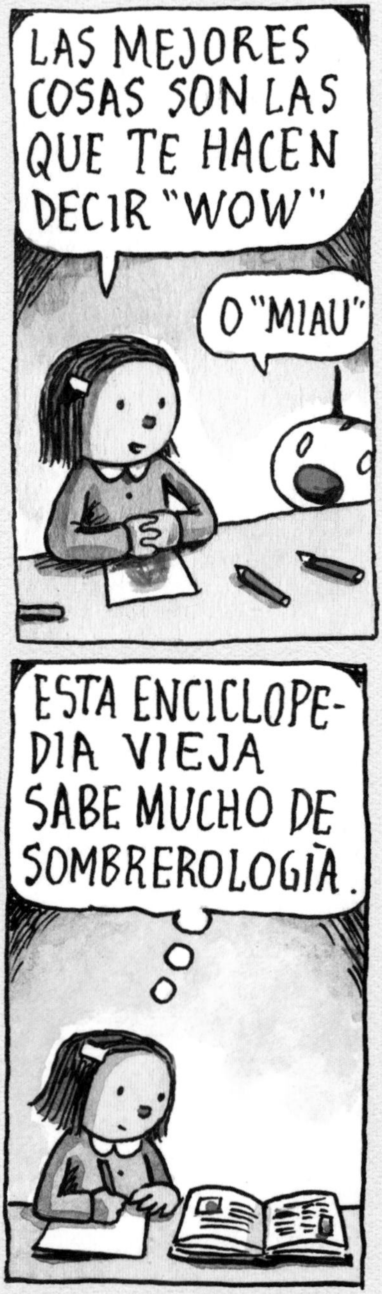
LAS MEJORES COSAS SON LAS QUE TE HACEN DECIR "WOW"
O "MIAU"
ESTA ENCICLOPE- DIA VIEJA SABE MUCHO DE SOMBREROLOGÍA.

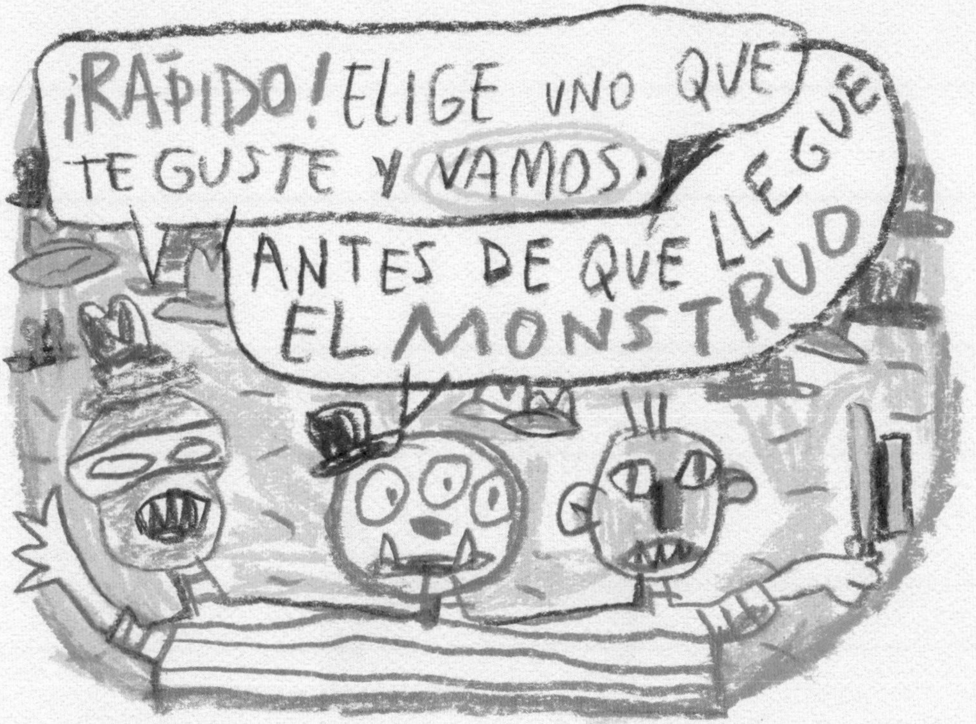
¡RÁPIDO! ELIGE UNO QUE TE GUSTE Y VAMOS.
ANTES DE QUÉ LLEGUE EL MONSTRUO

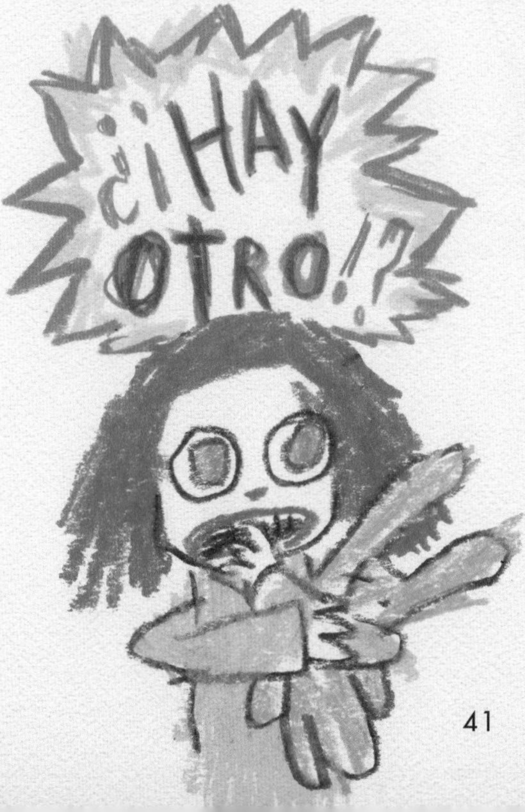
¿¡HAY OTRO!?

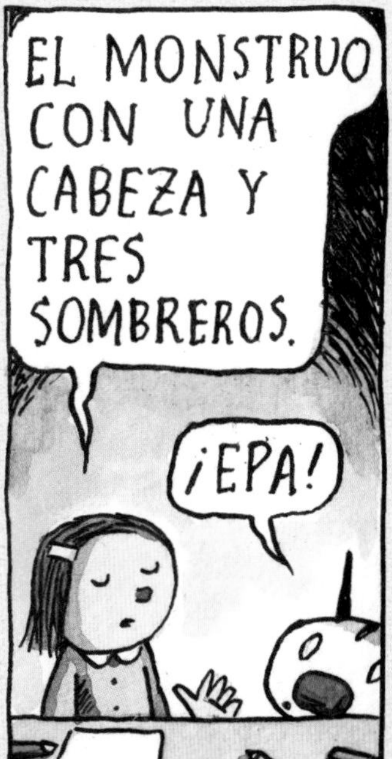
EL MONSTRUO CON UNA CABEZA Y TRES SOMBREROS.
¡EPA!

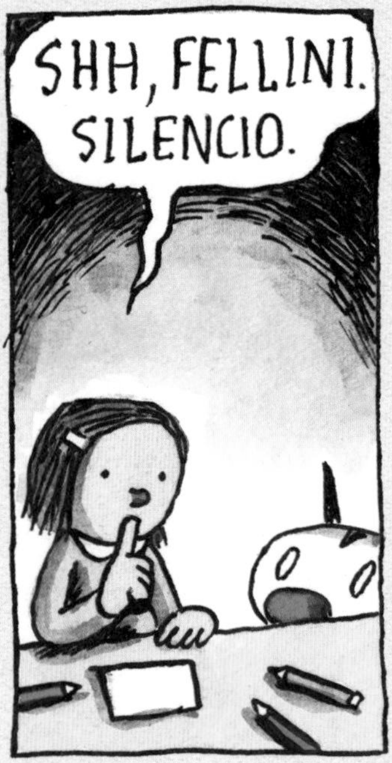
SHH, FELLINI. SILENCIO.

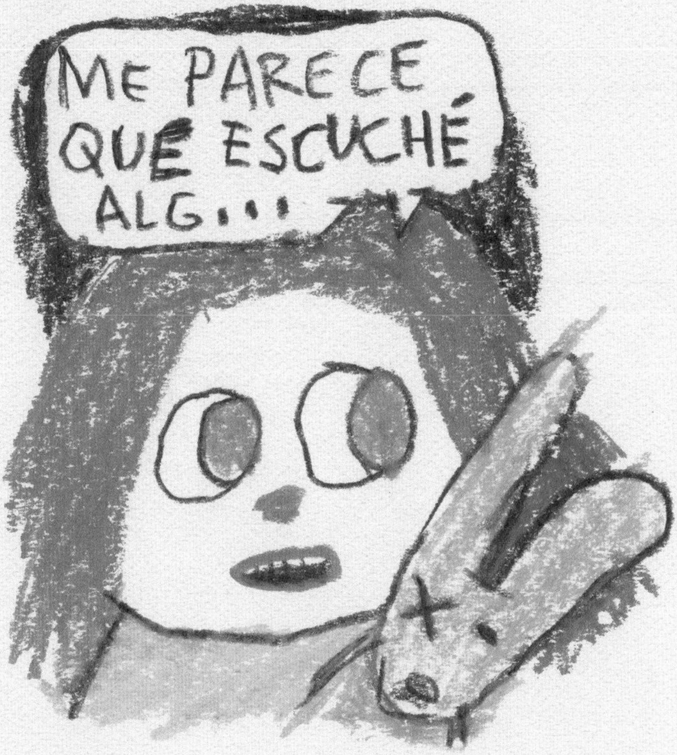
ME PARECE QUE ESCUCHÉ ALG...

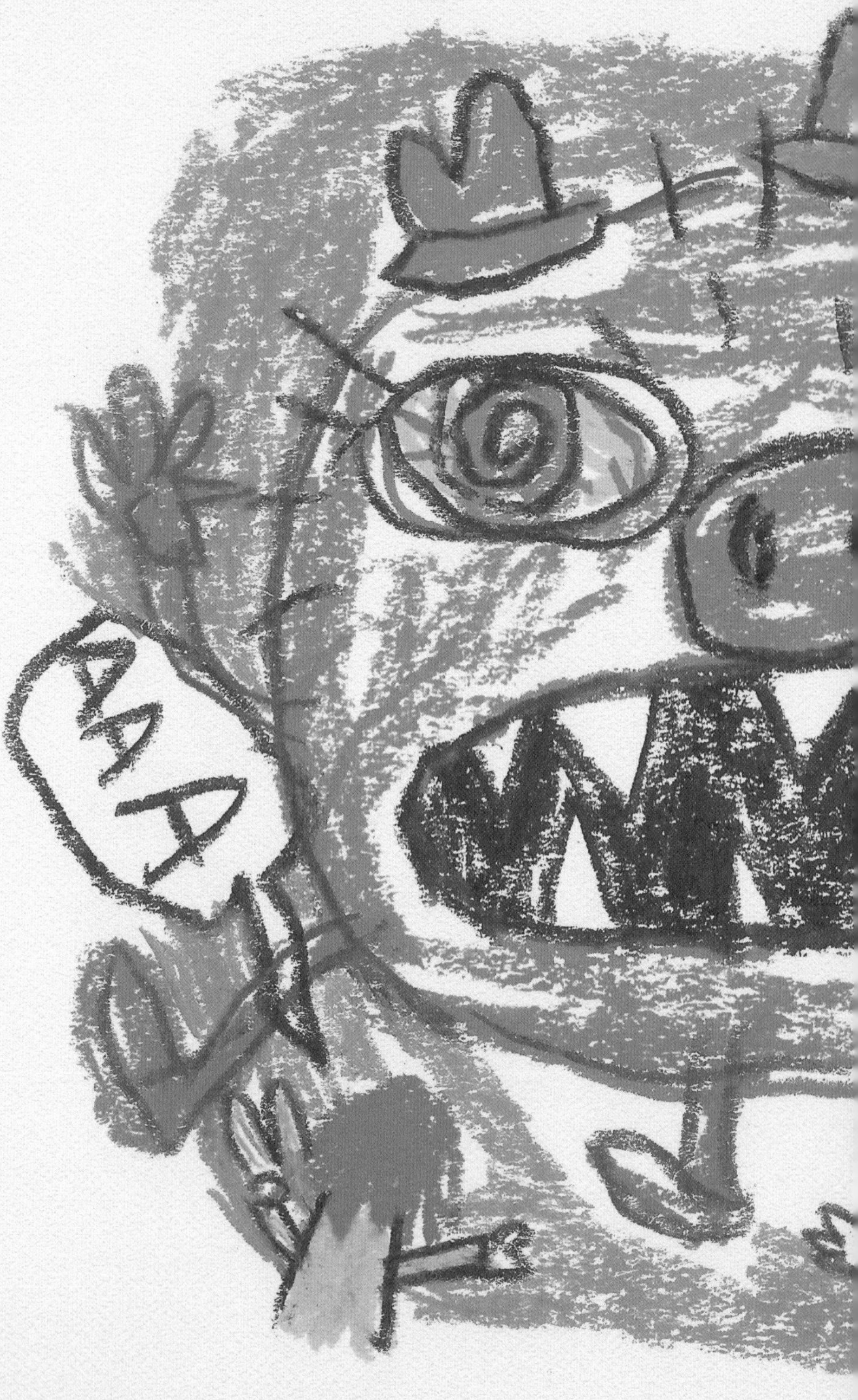
AAA

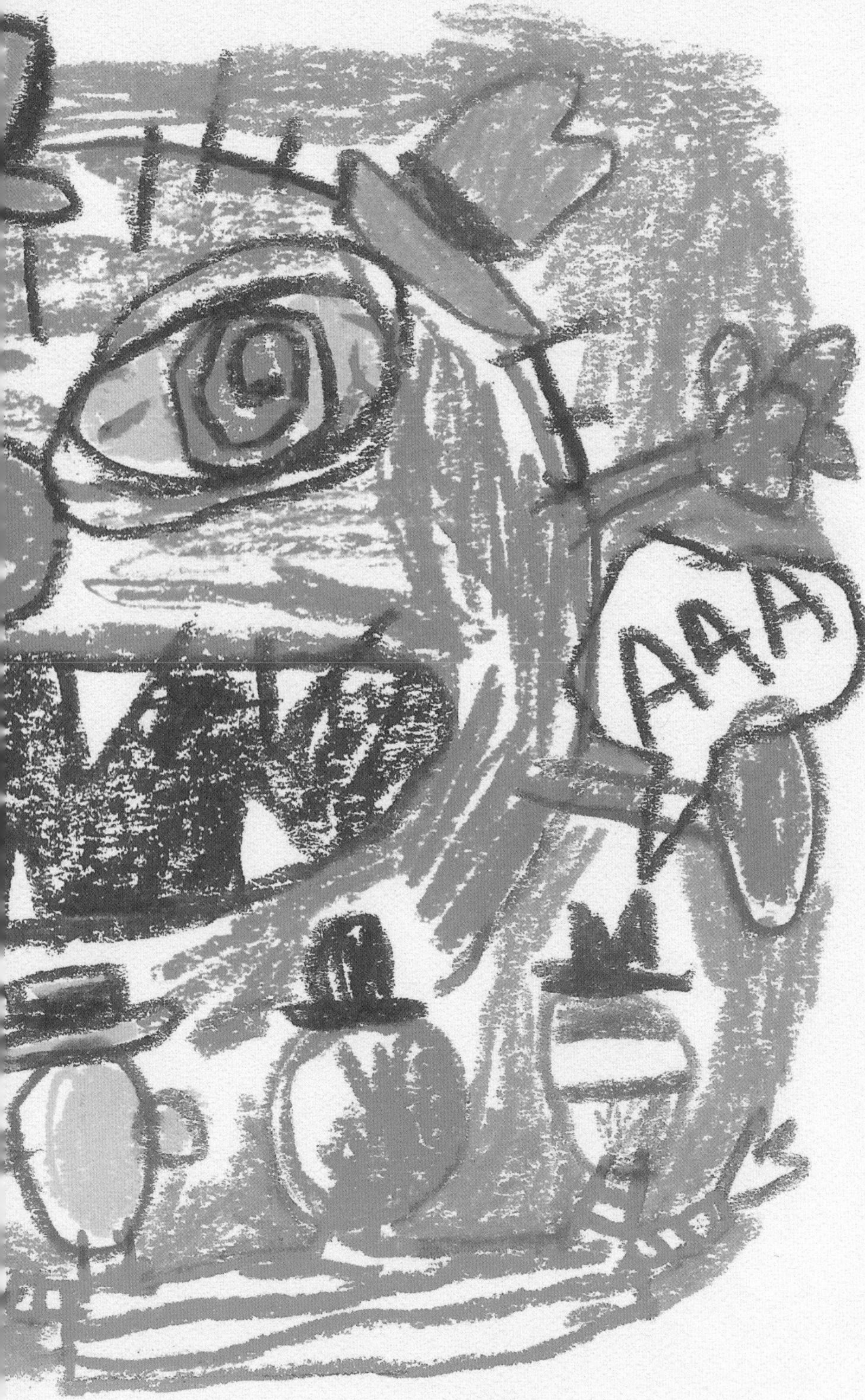
AAA

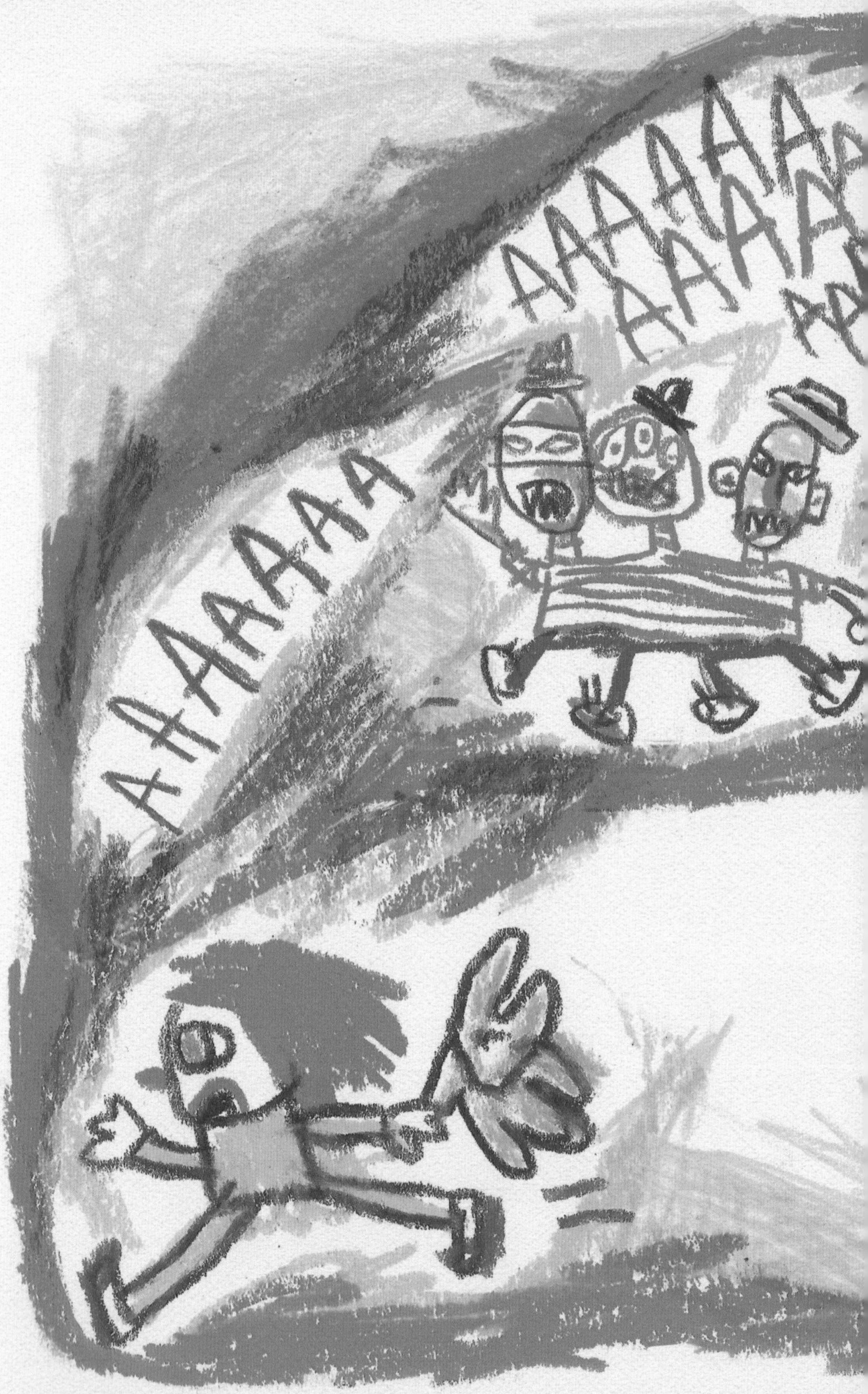
AAAAAAAAA
AAAAAA
AAAAA

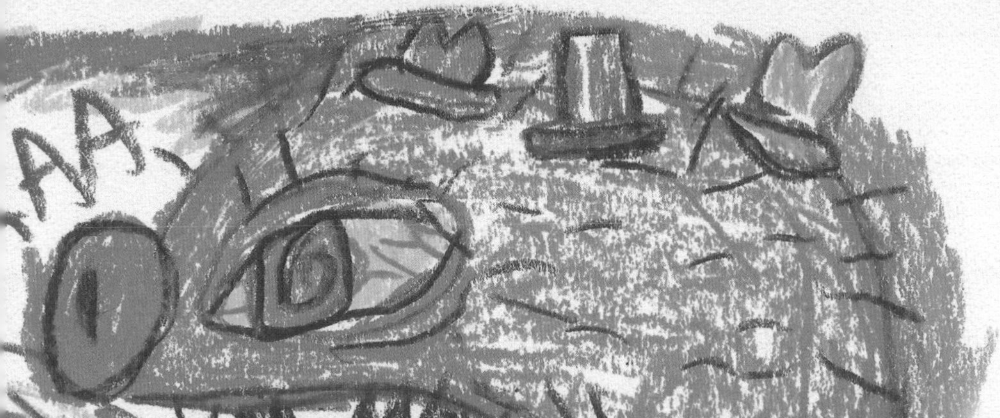
AA

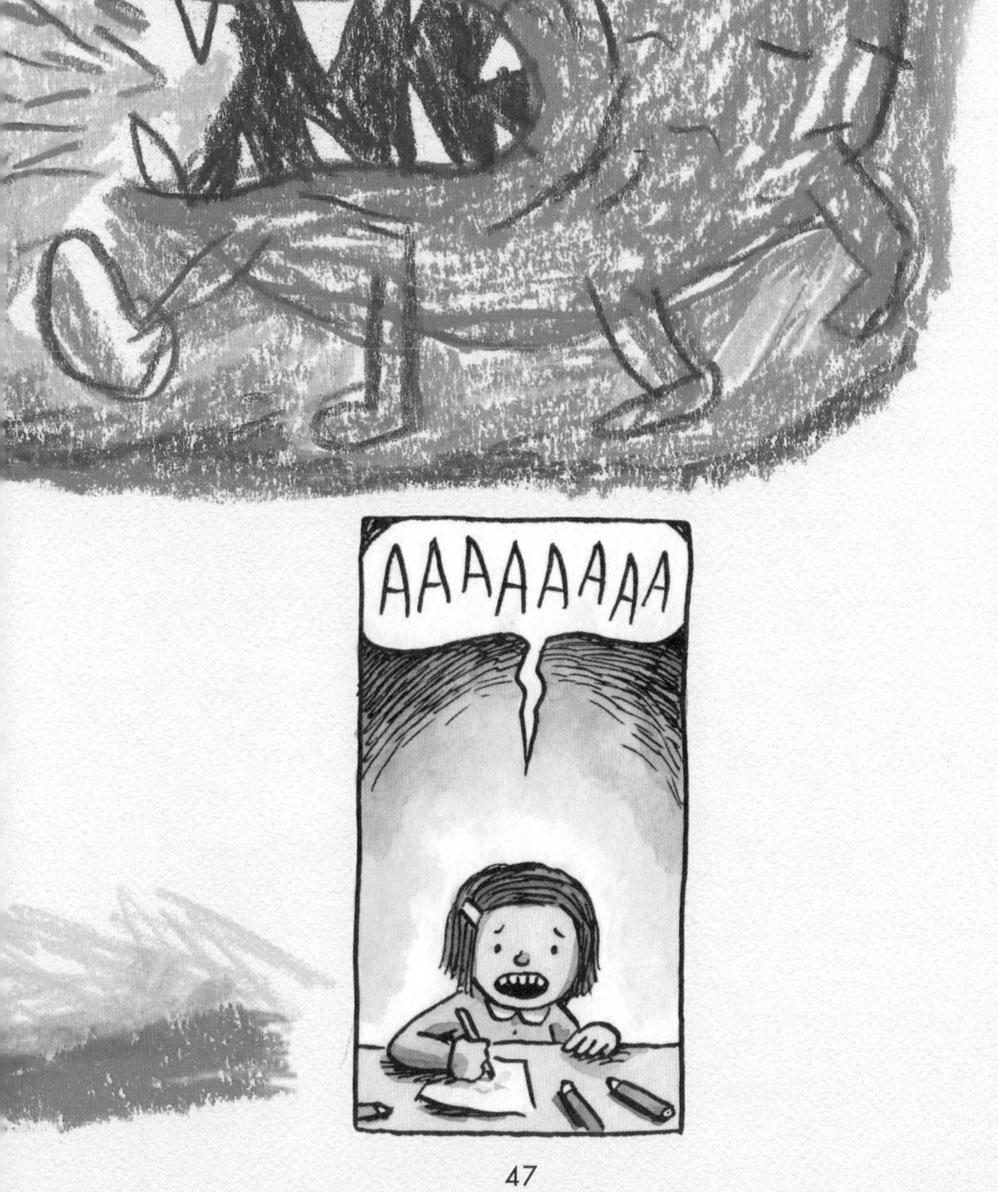
AAAAAAAA

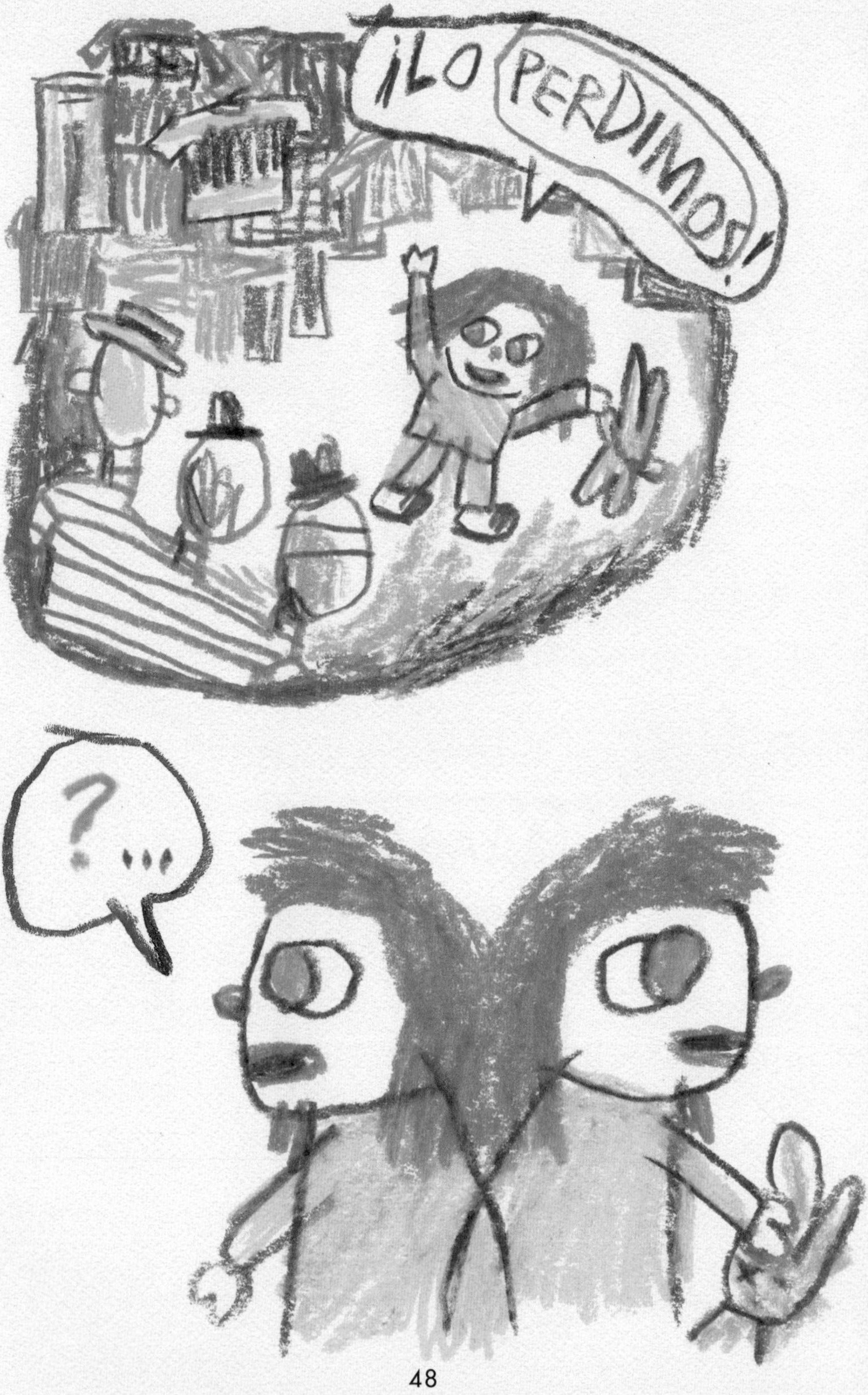
¡LO PERDIMOS!
?...

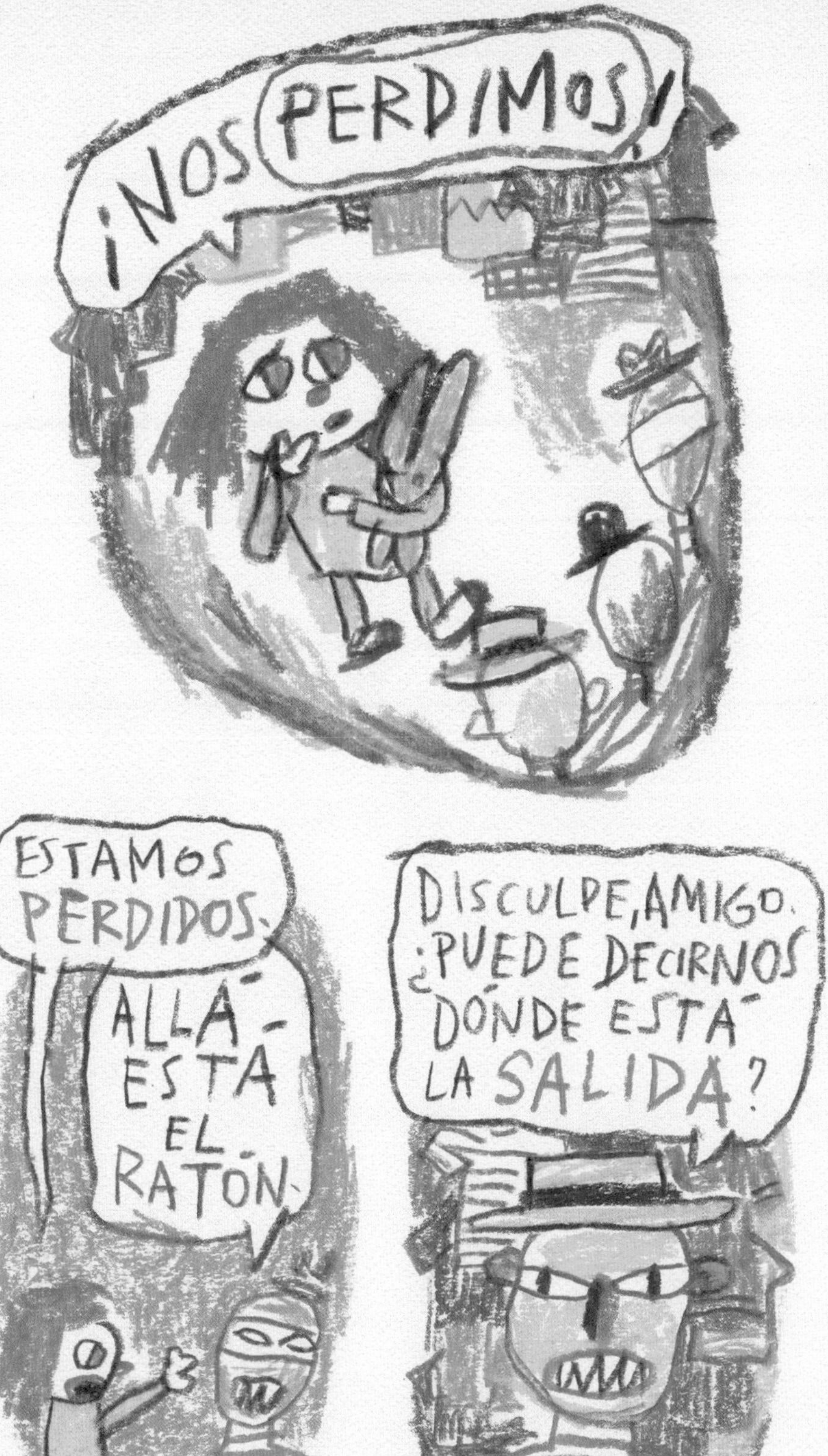
¡NOS PERDIMOS!
ESTAMOS PERDIDOS.
ALLÁ ESTÁ EL RATÓN.
DISCULPE, AMIGO. ¿PUEDE DECIRNOS DÓNDE ESTÁ LA SALIDA?

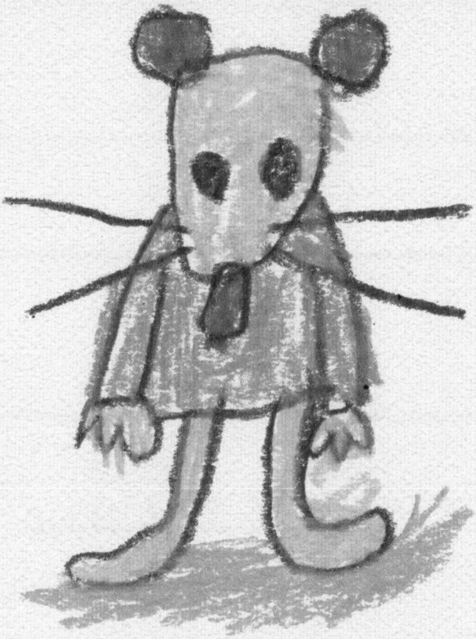

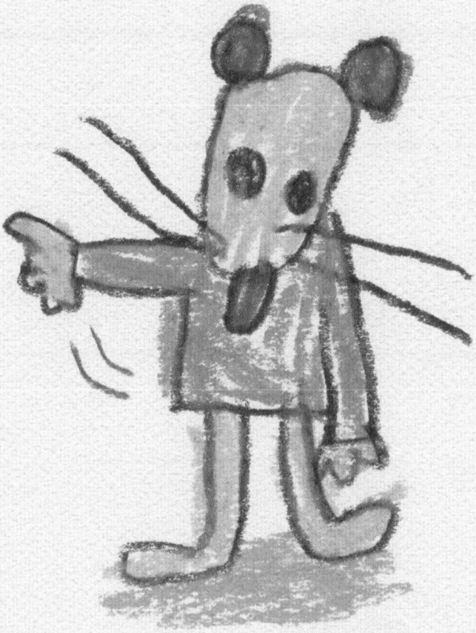

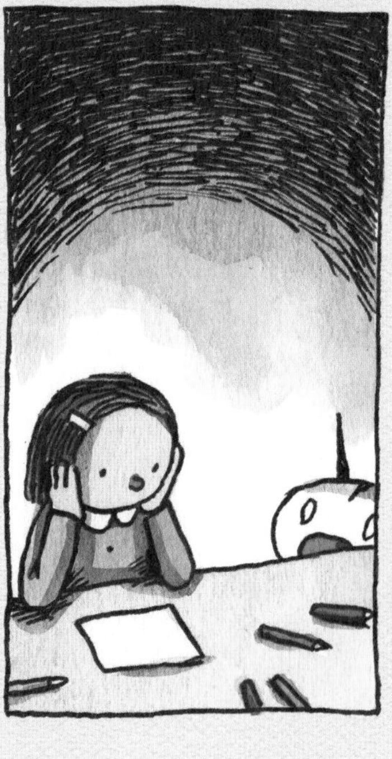

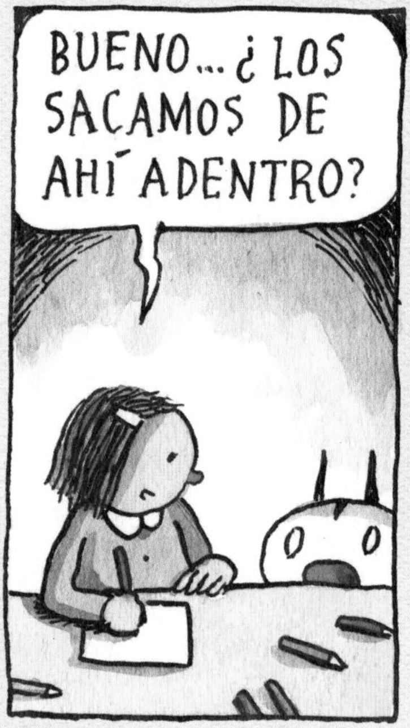
BUENO... ¿LOS SACAMOS DE AHÍ ADENTRO?

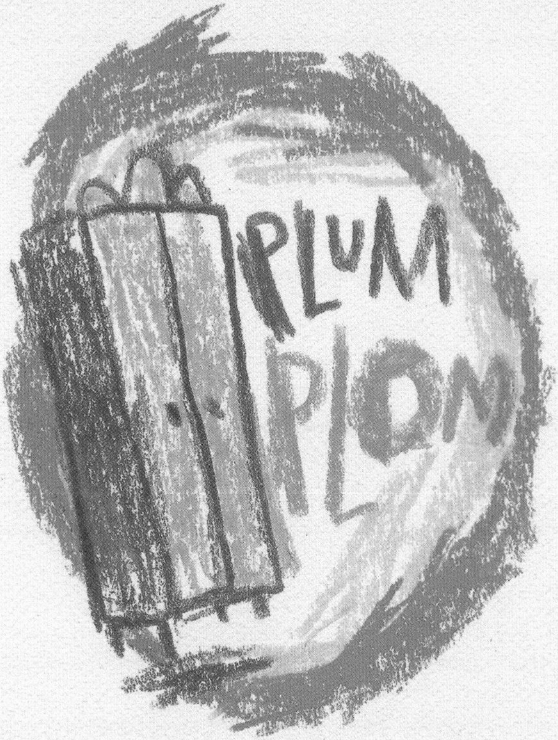
PLUM
PLOM

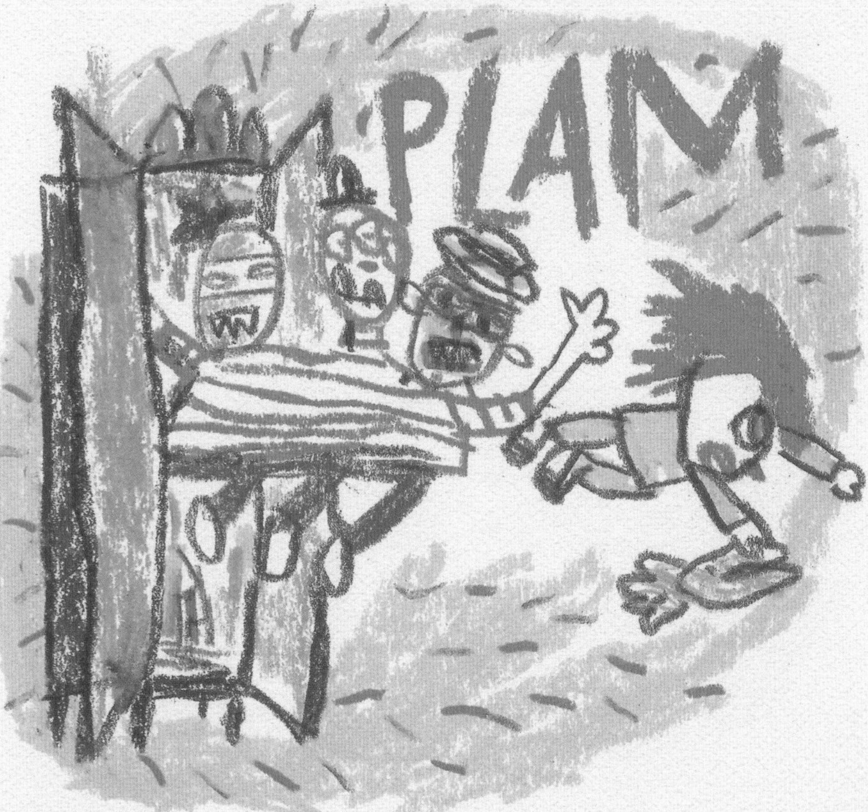
PLAM

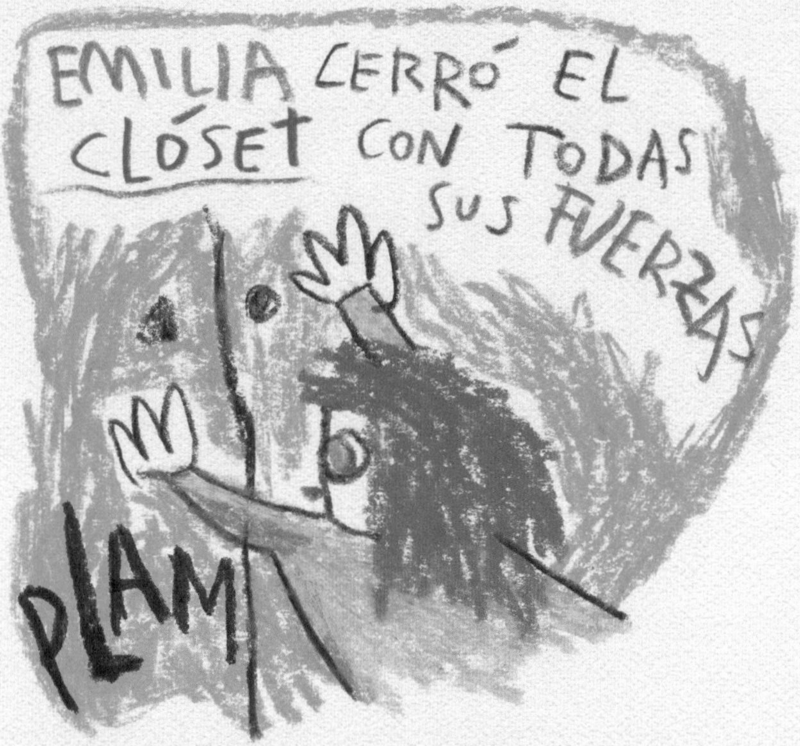
EMILIA CERRÓ EL CLÓSET CON TODAS SUS FUERZAS
PLAM

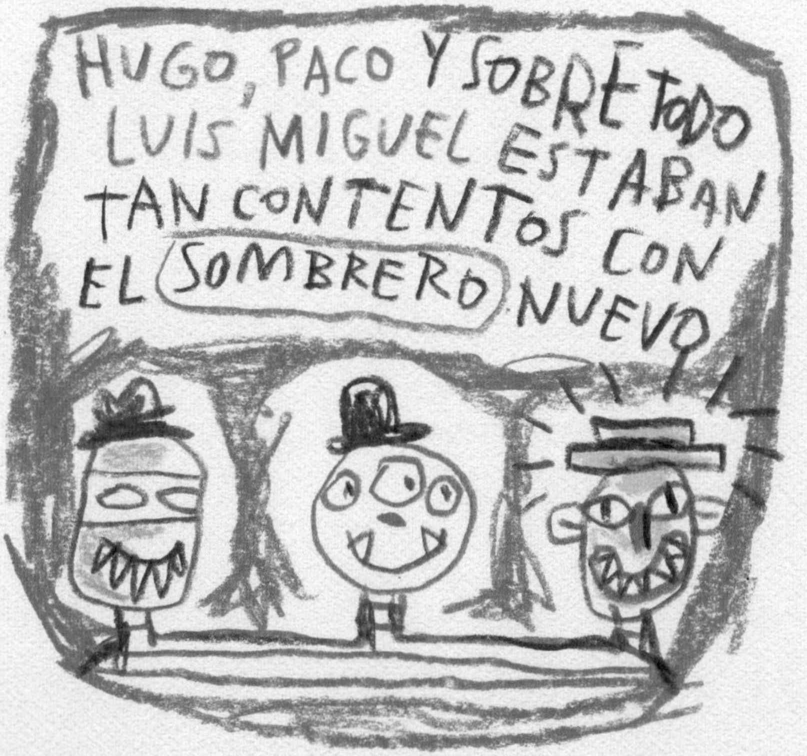
HUGO, PACO Y SOBRE TODO LUIS MIGUEL ESTABAN TAN CONTENTOS CON EL SOMBRERO NUEVO

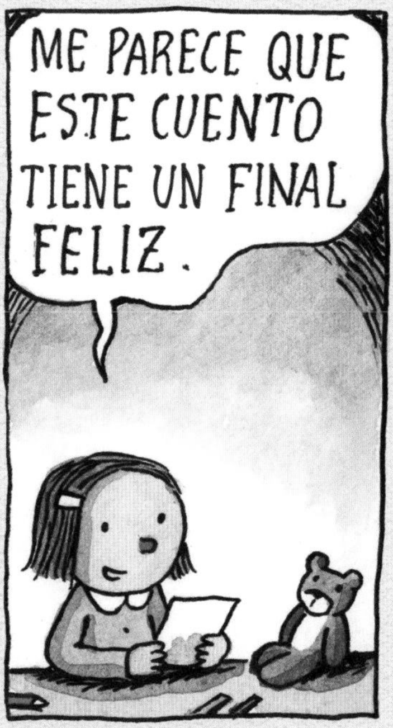
ME PARECE QUE ESTE CUENTO TIENE UN FINAL FELIZ.

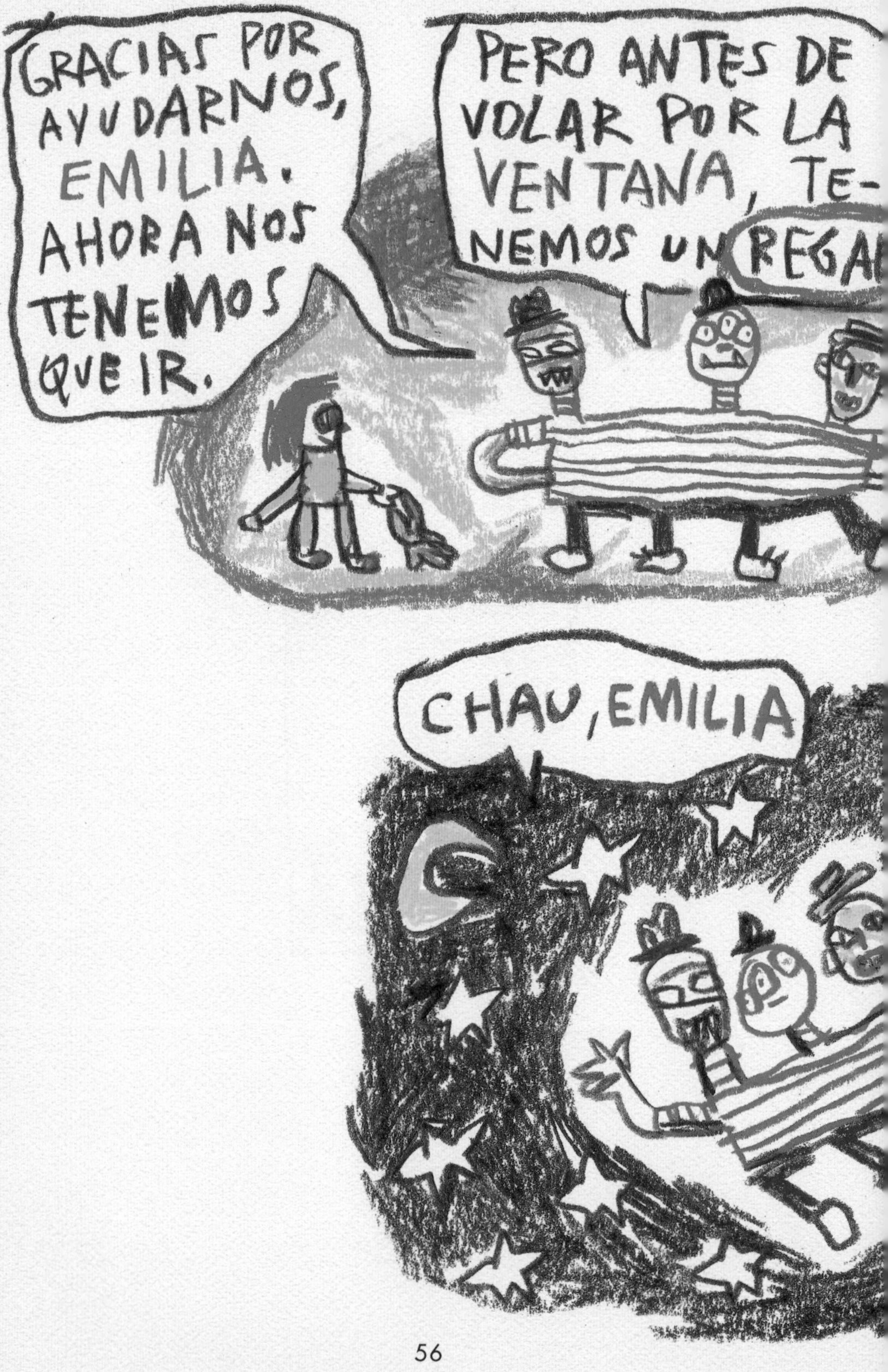
GRACIAS POR AYUDARNOS, EMILIA. AHORA NOS TENEMOS QUE IR.
PERO ANTES DE VOLAR POR LA VENTANA, TE-NEMOS UN REGA
CHAU, EMILIA

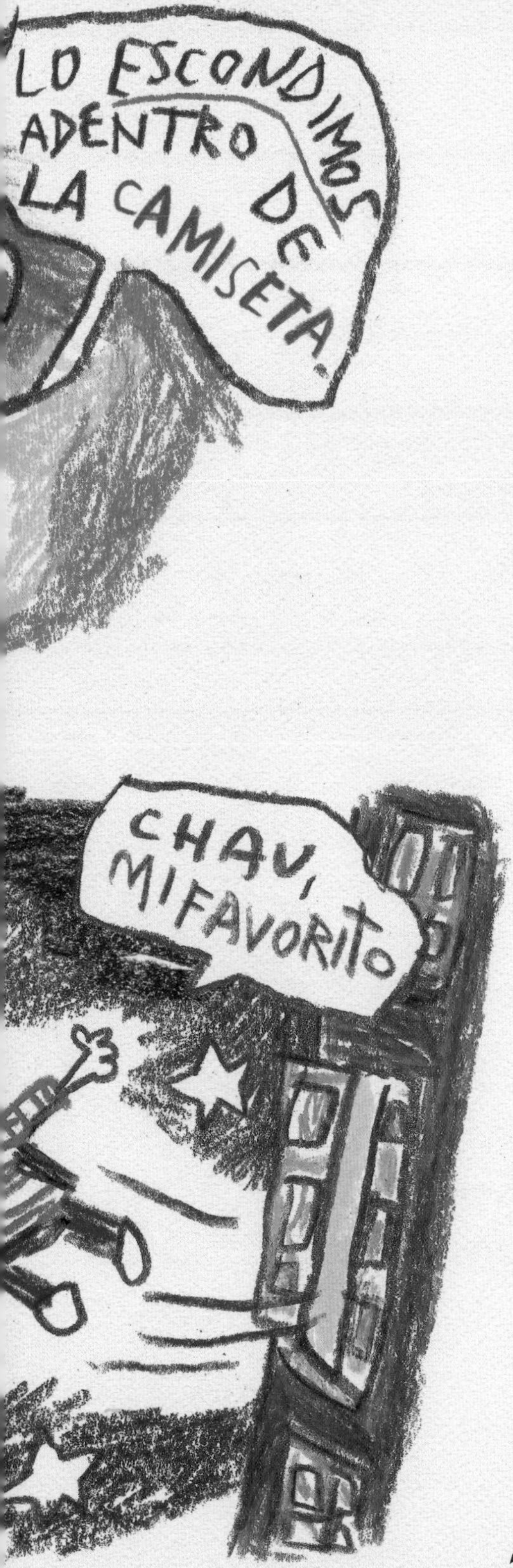
LO ESCONDIMOS ADENTRO DE LA CAMISETA.
CHAU, MIFAVORITO

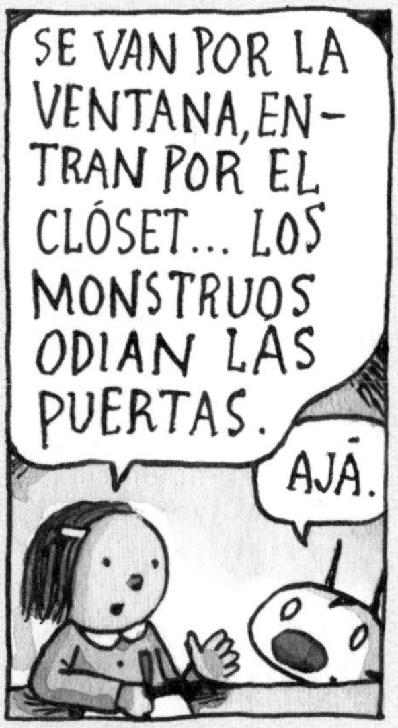
SE VAN POR LA VENTANA, ENTRAN POR EL CLÓSET... LOS MONSTRUOS ODIAN LAS PUERTAS.
AJÁ.

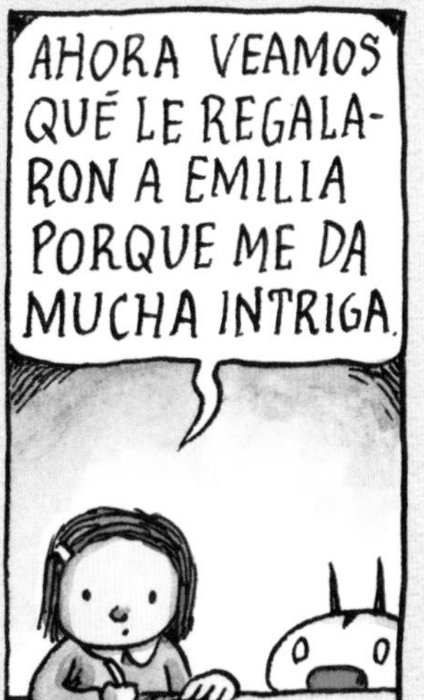
AHORA VEAMOS QUÉ LE REGALARON A EMILIA PORQUE ME DA MUCHA INTRIGA.

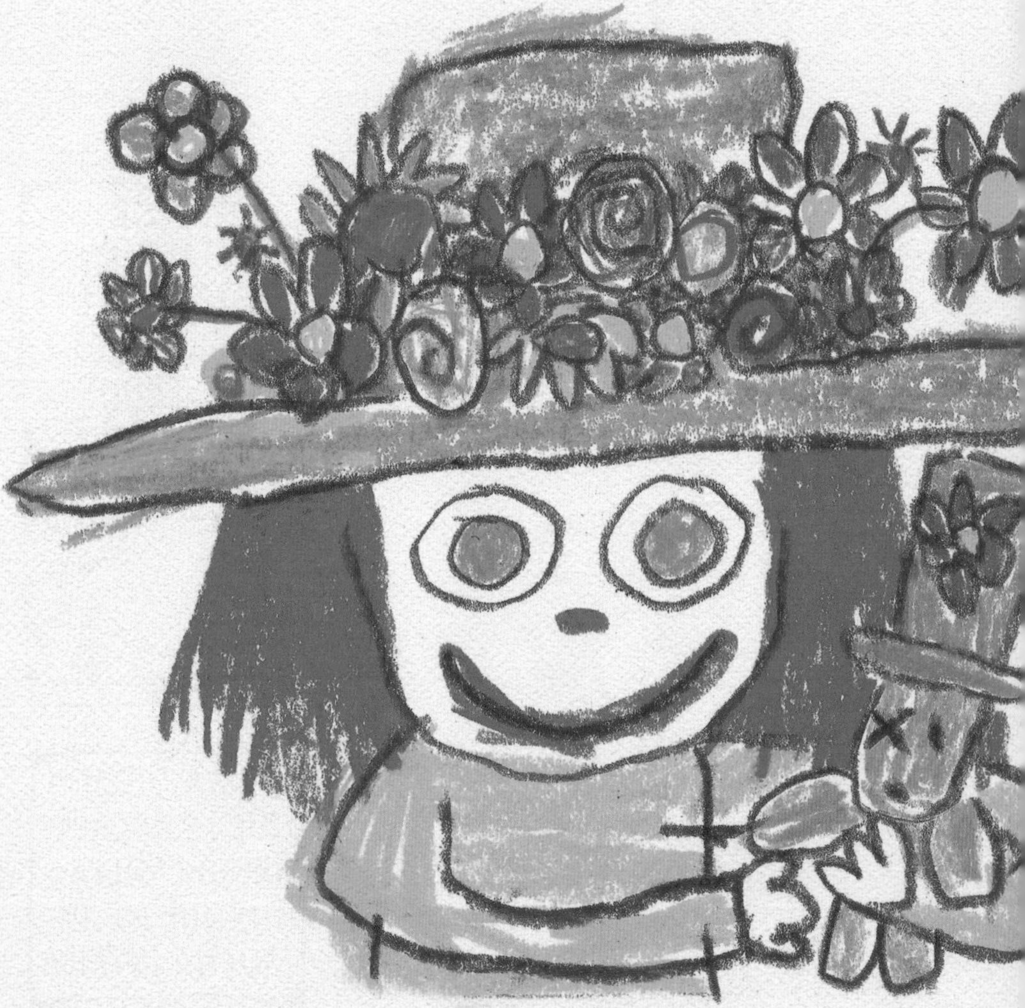

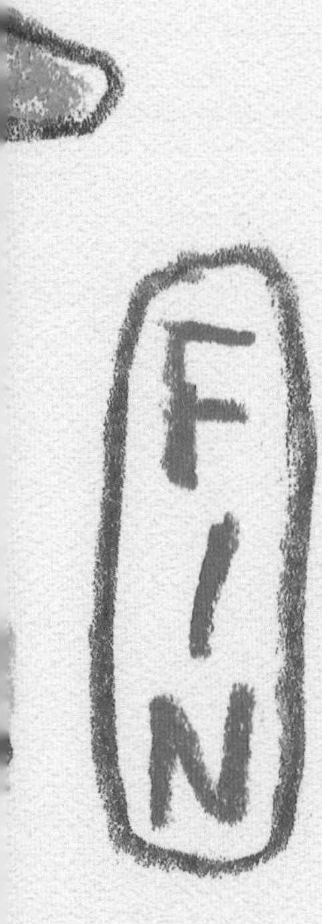
FIN

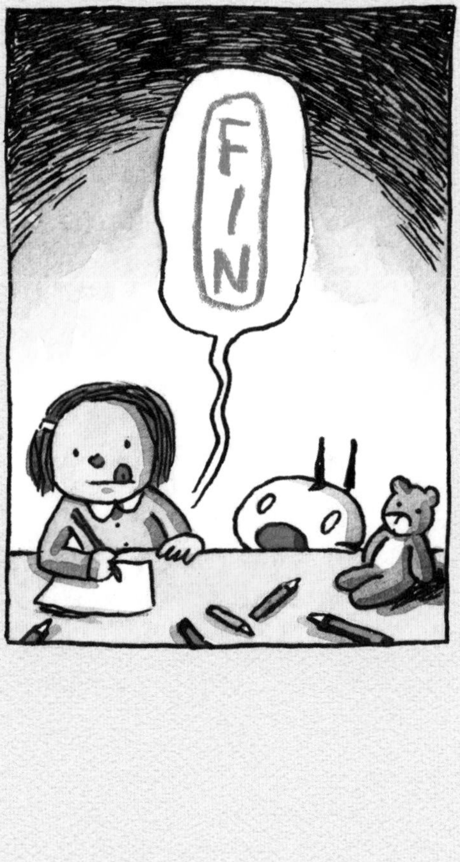
FIN

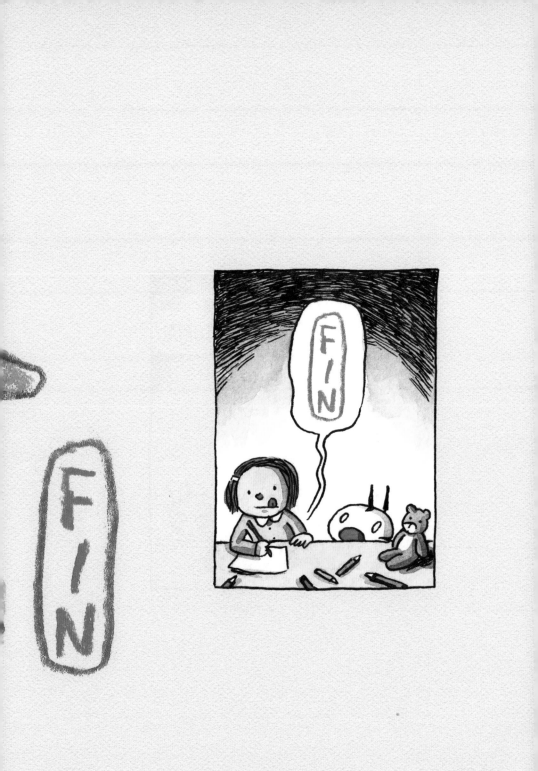

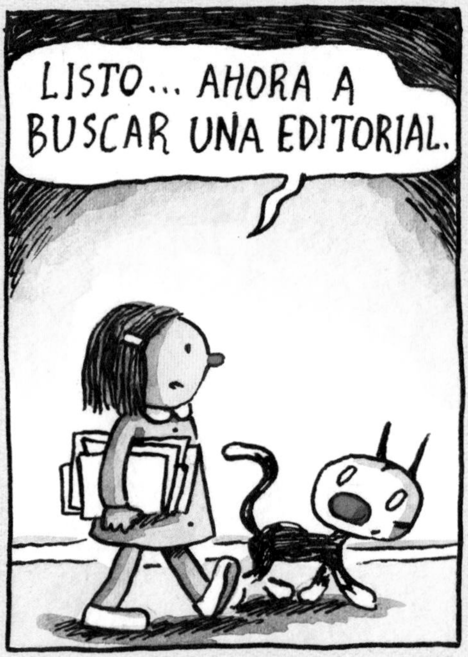
LISTO... AHORA A BUSCAR UNA EDITORIAL.

SOBRE EL AUTOR

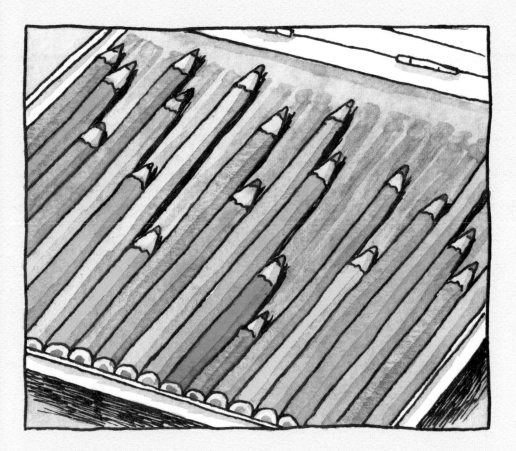

RICARDO SIRI LINIERS, conocido como **LINIERS**, es el autor de *Macanudo*, una tira cómica que es muy popular en la Argentina y que ahora está disponible en Estados Unidos. Su debut en EE.UU., titulado *The Big Wet Balloon* (*El Globo Grande y Mojado*), un libro TOON, fue nominado para el premio Eisner y seleccionado por la revista *Parents* como uno de los 10 mejores libros para niños. Vive en Buenos Aires con su esposa y tres hijas, todas acreditadas como inspiraciones para este libro.

CÓMO LEER TIRAS CÓMICAS CON LOS NIÑOS

¡A los niños les encantan las tiras cómicas! Sienten una atracción natural por los detalles de los dibujos que hace que quieran leer las palabras. Las tiras cómicas invitan a que se lean repetidamente y permiten que tanto principiantes como lectores reacios disfruten de historias complejas con un vocabulario variado. Sin embargo, como las tiras cómicas tienen su propia gramática, aquí les ofrecemos algunas recomendaciones para leerlas con los niños:

GUÍE A LOS LECTORES JÓVENES: Use un dedo para mostrar su lugar en el texto, pero manténgalo debajo del dibujo del personaje que habla, para que no tape las expresiones faciales, que son tan importantes.

¡DRAMATÍCELO! Piense en la historia de la tira cómica como si fuera una obra de teatro y no tema leer con expresividad y entonación. Asígneles personajes de la historia o haga que los niños pongan los efectos de sonido; es una forma estupenda de reforzar las destrezas fónicas.

DEJE QUE ELLOS ADIVINEN. Las tiras cómicas ofrecen mucho contexto para las palabras, así que los lectores principiantes pueden hacer suposiciones fundamentadas. Como los rompecabezas, los cómics les piden a los lectores que hagan conexiones, así que compruebe la comprensión del público joven preguntando "¿Qué está pensando este personaje?" (pero no se sorprenda si un niño descubre algunos de los detalles sutiles de la tira cómica más rápido que usted).

HABLE DE LOS DIBUJOS. Muéstreles cómo el artista le marca el ritmo a la historia con pausas (viñetas mudas) o con acción acelerada (una serie rápida de viñetas cortas). Hablen sobre cómo el tamaño y la forma de las viñetas tienen significado.

SOBRE TODO, ¡DISFRUTE! Está claro que no hay una única forma correcta de leer, así que busque compartir el placer. Una vez que los niños hagan que la historia se forme en su imaginación, habrán descubierto el deleite de leer y no los podrá detener. Cuando llegue a ese punto, búsqueles más libros y más tiras cómicas.

www.TOON-BOOKS.com

VEA EN INTERNET NUESTROS GENERADORES DE TIRAS CÓMICAS, PLANES DE CLASE Y MUCHO MÁS.

TOON INTO READING!™

NIVEL 1

GRADOS K–1
LEXILE BR–100 • GUIDED READING E–J • READING RECOVERY 7–12

PARA LECTORES COMPLETAMENTE NUEVOS

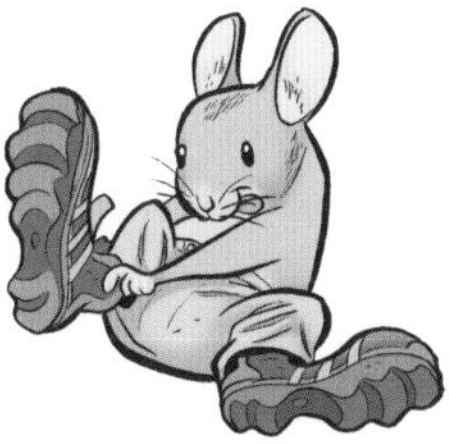

- entre 200 y 300 palabras fáciles de reconocer
- oraciones cortas
- con frecuencia, un solo personaje
- un solo marco o tema
- entre 1 y 2 paneles por página

NIVEL 2

GRADOS 1–2
LEXILE BR–240 • GUIDED READING G–K • READING RECOVERY 11–18

PARA LECTORES PRINCIPIANTES

- entre 300 y 700 palabras
- oraciones cortas y repetición
- un desarrollo con pocos personajes en un mundo pequeño
- entre 1 y 4 paneles por página

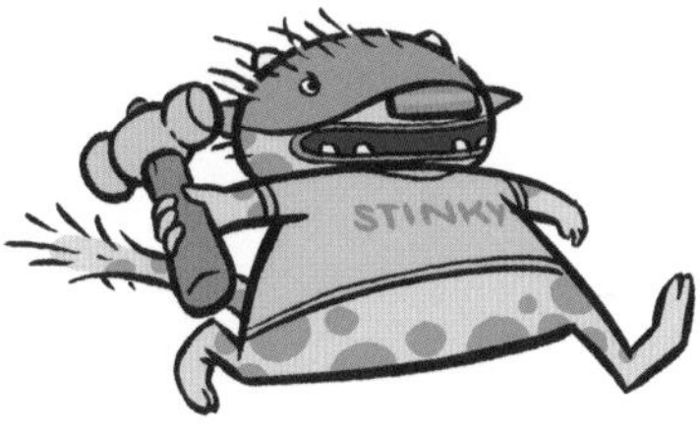
STINKY

NIVEL 3

GRADOS 2–3
LEXILE 150–300 • GUIDED READING K–P • READING RECOVERY 18–20

PARA PRINCIPIANTES AVANZADOS

- entre 800 y 1000+ palabras en oraciones largas
- un mundo amplio, como también cambios de tiempo y de lugar
- historias largas divididas en capítulos
- el lector tiene que hacer conexiones y especular

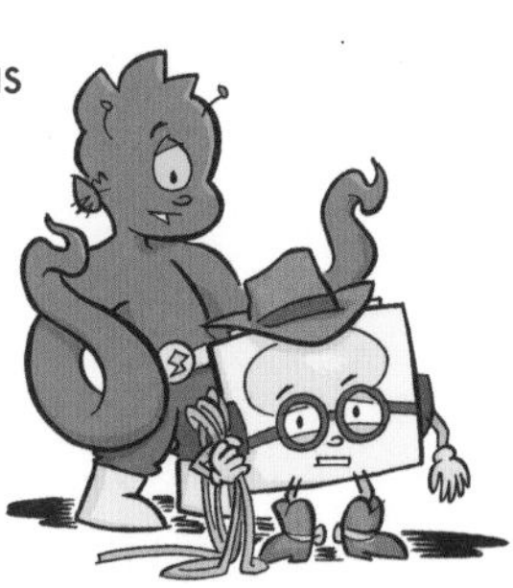